예이츠 시선 **첫 사 랑**

예이츠 시선 **첫 사 랑**

발행일	2017년 10월 25일

저 자	W. B. 예이츠		
번 역	김 용 성		
표지디자인	이 기 순		
펴낸이	손 형 국		
펴낸곳	(주)북랩		
편집인	선 일 영	편 집	이종무, 권혁신, 전수현, 최예은
디자인	이현수, 김민하, 한수희, 김윤주	제 작	박기성, 황동현, 구성우
마케팅	김회란, 박진관, 김한결		
출판등록	2004. 12. 1(제2012-000051호)		
주 소	서울시 금천구 가산디지털 1로 168, 우림라이온스밸리 B동 B113, 114호		
홈페이지	www.book.co.kr		
전화번호	(02)2026-5777	팩 스	(02)2026-5747

ISBN	979-11-5987-834-3 03840 (종이책)	979-11-5987-835-0 05840 (전자책)	

예이츠 시선

첫 사 랑

William Butler Yeats

번역 김용성

북랩 book Lab

번역가의 말

아일랜드 시인 윌리엄 버틀러 예이츠가 쓴 대표적인 시들을 모아, 예이츠 시선집 『첫사랑』을 낸다. 예이츠는 1865년에 태어나고 1939년에 사망하였으며, 1923년에 노벨문학상을 받았다.

예이츠는 초기에 낭만주의 형태의 서정시를 주로 쓰다가 점차 사실주의, 심미주의, 상징주의 시풍을 보여준다. 사랑에 대한 시에서부터 아일랜드 독립과 민족적인 설화에 대한 소재, 신비주의와 상징주의 색채가 강한 시 등 다양한 유형의 시를 썼다. 여기서는 사랑과 관련된 시를 중심으로 번역하여 소개한다.

예이츠 하면 떠오르는 여인이 있는데, 바로 모드 곤이다. 모드 곤은 아일랜드 독립을 위해 활동한 혁명가이자 배우였다. 예이츠는 나이 스물넷에 모드 곤을 만나는데, 2년 후에 청혼을 하고 그 후에도 여러 차례 청혼을 하게 된다. 마지막 청혼은 쉰한 살 때로 알려진다. 결국 청혼은 언제나 실패하여서, 결혼은 그해 시월에 다른 여인과 하게 된다. 이러한 과정에서 사랑을 주제로 하는 시가 자연스럽게 많이 나오게 되었는데, 그중 대표적인 시들을 번역하여 이 책에 담았다.

한국의 위대한 시인 김소월의 대표작인 「진달래꽃」이 예이츠가 쓴

「He Wishes for the Cloths of Heaven」이란 시에서 영향을 받았다고 한다. 김소월의 스승인 김억이 쓴 번역시 「꿈」이 두 시 사이를 잇는 가교 역할을 했다고 볼 수 있다. 번역시가 「진달래꽃」이 나올 수 있게 영향을 주었다는 것은 매우 큰 의미가 있다.

시 번역은 시로 출발해서 시로 끝난다. 그간 영시를 단순히 한국어로 옮겨, 영시의 보조자료 내지 해석본 정도로 번역시를 취급하던 경향이 없지 않았다. 그러다보니 시인들은 번역시를 수준 낮게 보아 한국시로 인정하지 않으려 하고, 시 전문 출판사에서는 번역시집 출간 자체를 꺼리기까지 했다. 번역시를 읽어보면 뭔가 어색하다는 독자들도 꽤 있었다. 이는 결국 시를 시로 번역하지 않은 탓이 크다 할 수 있다. 시어 선택이나 이미지 구현 등 시 표현이 매우 중요한데도 시 번역가 스스로 번역시를 영시의 해석본 정도로 한계를 지어버리거나 시 번역은 결국 또 다른 시 쓰기임을 스스로 간과했던 건 아닌지 철저하게 반성해볼 일이다.

『한국시로 다시 쓰는 셰익스피어 소네트』에 이어서 내는 번역시집이다. 시인으로서, 번역가로서 뿌듯하면서도 마음이 무겁다. 지금도 앞으로도 독자들이 즐겨 읽는 번역시, 한국시로 손색없는 번역시를 쓰고자 갈망할 것이다.

번역시집을 내면서 도움을 받은 분이 많다. 한국외국어대학교 통번역학부 윤선경 교수님, 성균관대학교 번역대학원 김원중 교수님, 홍덕선 교수님, 손태수 교수님, 한동대학교 통번역대학원 원영희 교수님에게 고마움을 전한다.

고려대학교 민용태 명예교수님과 김옥수 번역가님, 문정숙 교장선생님, 출간을 허락해준 북랩 출판사에도 감사를 전한다.

끝으로 언제나 나를 믿고 응원하는 아내 이기순과 아들 김유신에게 변함없는 사랑을 전하고 싶다.

2017년 10월 명일동 서재에서

김 용 성

예이츠와 예이츠 시에 대하여

윌리엄 버틀러 예이츠는 1865년 6월 13일 아일랜드 더블린에서 태어났다. 아버지는 아일랜드의 유명한 초상화가이고, 어머니는 부유한 상인의 딸이었다. 예이츠는 유년시절을 영국 런던에서 보내다가 16세 때 더블린 근교로 돌아오게 되는데, 아버지의 화실에서 예술가와 작가들을 많이 접하게 되면서 자연스레 시를 쓰게 되었다고 전해진다. 스무 살 때 두 편의 시가 『더블린 유니버시티 리뷰』에 실리는데, 낭만주의시대 셸리(P. B. Shelley, 1792-1822)와 작풍이 유사했다.

1889년, 예이츠는 모드 곤(Maud Gonne, 1866-1953)을 운명적으로 만나게 된다. 모드 곤은 아일랜드 독립을 위해 헌신하는 독립투사이자 여권 운동가이며 배우였다. 스물여섯이 되던 해에 모드 곤에게 청혼을 하지만 거절당하는데 이후에도 이런 관계가 반복되다가, 1903년 모드 곤은 아일랜드 민족주의자인 존 맥브라이드와 결혼하게 된다. 하지만 모드 곤에 대한 예이츠의 사랑은 식지 않아, 「When you are old」, 「Down By The Salley Gardens」, 「First Love」, 「The White Birds」, 「He Wishes for the Cloths of Heaven」과 같은 수많은 명시가 세상에 나오는 배경이 된다.

예이츠가 모드 곤에게 마지막 청혼을 한 때는 1916년이었다. 모드 곤의 남편 맥브라이드가 저세상으로 떠난 이후였다. 다시 거절당하고 나서 그해 시월, 24세의 조지 하이디 리즈라는 여인과 결혼을 하게 된다. 이때 예이츠 나이 51세였다.

　예이츠는 1923년 노벨문학상을 받았다. 초기에는 낭만주의풍의 서정시를 쓰다가, 사실주의적인 시풍을 거쳐, 심미주의 상징주의 시풍으로 거듭났다고 평가되는 아일랜드의 위대한 시인 예이츠는 1939년 74세의 일기로 숨을 거두었다. 예이츠 시를 어렵게 읽고 복잡하게 평가하는 사람이 있다면 오히려 그 자신이 부끄러워질 수 있다. 그만큼 예이츠는 어려운 관념이 아니라 인간적인 우리 생활과 감성을 그대로 드러내는 시를 많이 썼다. 시 자체가 어렵다기보다 아일랜드의 전설과 사상을 빗대어 표현한 부분은 낯설게 느껴질 수 있다. 하지만 예이츠의 삶과 배경을 조금만 이해한다면 어떤 평론이나 해설 없이도 예이츠 시는 충분히 받아들일 수가 있다. 특히 사랑에 대한 풍부한 감성을 드러낸 예이츠의 시는 독자들 가슴속에 다시 살아나, 진정한 사랑을 음미하게 할 것이다.

차 례

번역가의 말 ································· 5
예이츠와 예이츠의 시에 대해서 ················· 8

제1부

술 노래 ··································· 18
첫사랑 ··································· 21
수양버들 공원을 거닐다 ··················· 24
하늘의 옷감이 있다면 ····················· 27
이니스프리 ······························· 30
하얀 새 ··································· 33
쿨 호수의 야생백조들 ····················· 36
그대 늙어서 ······························· 41
방울모자 ································· 44
레다와 백조 ······························· 49
떠도는 잉어스의 노래 ····················· 52
미친 제인과 주교의 대화 ··················· 55
사랑의 슬픔 ······························· 58

A Drinking Song 19

First Love 22

Down By The Salley Gardens 25

He Wishes for the Cloths of Heaven 28

The Lake Isle of Innisfree 31

The White Birds 34

The Wild Swans at Coole 38

When You Are Old 42

The Cap and Bells 46

Leda and the Swan 50

The Song of Wandering Aengus 53

Crazy Jane Talks With The Bishop 56

The Sorrow of Love 59

제2부

죽음 ·· 62

물고기 ·· 65

지혜는 시간과 더불어 ······································· 68

침묵이 한참 있다가 ·· 71

사랑은 사람은 위엄하기만 ································· 74

망토와 배와 신발 ·· 77

말 ··· 80

굳은 약속 ·· 83

일 에이커 풀밭 ·· 86

너무 오래 사랑하지 마라 ··································· 89

말 없는 그대 ··· 92

이 세상의 장미 ·· 95

연인의 노래 ··· 98

Death 63

The Fish 66

The Coming Of Wisdom With Time 69

After Long Silence 72

Human Dignity 75

The Cloak, the Boat, and the Shoes 78

Words 81

A Deep-Sworn Vow 84

An Acre of Grass 87

O Do Not Love Too Long 90

Maid Quiet 93

The Rose of the World 96

The Lover's Song 99

제 3 부

도요새를 나무라며 ···································· 102

수레바퀴 ···································· 105

아담의 저주 ···································· 108

절대로 마음을 다 주지 마라 ···································· 113

화살 ···································· 116

완벽한 아름다움에 대하여 ···································· 119

위안받는 어리석음 ···································· 122

죽음에 대한 꿈 ···································· 125

선택 ···································· 128

인형들 ···································· 131

가면 ···································· 134

학자들 ···································· 137

빈 잔 ···································· 140

작품해설 - 김용성의 예이츠 번역시집에 부쳐 ···································· 143

He Reproved the Curlew ·· 103

The Wheel ·· 106

Adam's Curse ·· 110

Never Give All the Heart ·· 114

Arrow ·· 117

He Tells of the Perfect Beauty ·································· 120

The Folly of Being Comforted ·································· 123

A Dream of Death ··· 126

The Choice ·· 129

The Dolls ·· 132

The Mask ·· 135

The Scholars ·· 138

The Empty Cup ·· 141

제1부

술 노래	A Drinking Song
첫사랑	First Love
수양버들 공원을 거닐다	Down By The Salley Gardens
하늘의 옷감이 있다면	He Wishes for the Cloths of Heaven
이니스프리	The Lake Isle of Innisfree
하얀 새	The White Birds
쿨 호수의 야생백조들	The Wild Swans at Coole
그대 늙어서	When You Are Old
방울모자	The Cap and Bells
레다와 백조	Leda and the Swan
떠도는 잉어스의 노래	The Song of Wandering Aengus
미친 제인과 주교의 대화	Crazy Jane Talks With The Bishop
사랑의 슬픔	The Sorrow of Love

술 노래

술은 입으로 들고
사랑 눈으로 들지
삭아 허물어 가도
더는 모르고 가리
입은 술잔을 잡고
눈은 그대 잡으리

A Drinking Song

Wine comes in at the mouth
And love comes in at the eye;
That's all we shall know for truth
Before we grow old and die.
I lift the glass to my mouth,
I look at you, and I sigh.

사랑하는 사람이 밀어낸다.

더는 사랑 아니라 한다.

술잔을 한 잔 한 잔 기울인다.

술은 입으로 들고 사랑은 눈으로 든다.

이게 늙어 죽기 전에 알게 될 전부인지도.

삭아 허물어 가도 우리 사랑 더는 모르고 가겠지.

그대 그렇게 떠나가도

손으로 붙잡지 못해 눈으로 그대를 잡는다.

눈앞에 여전히 선해 눈으로 그대를 잡는다.

첫 사 랑

죽이는 아름다움의 무리에서
떠가는 달님처럼 살아왔지만
그대 걷다 살짝 얼굴 붉히며
내가 가는 길 가운데 서있네
살과 피로 된 심장을 그대도
품었나 보다 그리 생각하였지

허나 그 위에 손을 올려보니
그대 가슴 그냥 돌덩이일 뿐
잡으려 온갖 몸짓 다해 봐도
잡으면 물처럼 빠져나가기만
손은 온통 달님 그리며 가도
미치도록 동그라미 제자리만

그대 미소 나를 변하게 하여
못난이로 남겨진다고 하여도
여기저기 중얼중얼 헤매다가
달님 저 멀리 떠나가 버리면
길 잃고 떠도는 저 별들보다
맘은 더 마르고 텅 비어가리

First Love

Though nurtured like the sailing moon
In beauty's murderous brood,
She walked awhile and blushed awhile
And on my pathway stood
Until I thought her body bore
A heart of flesh and blood.

But since I laid a hand thereon
And found a heart of stone
I have attempted many things
And not a thing is done,
For every hand is lunatic
That travels on the moon.

She smiled and that transfigured me
And left me but a lout,
Maundering here, and maundering there,
Emptier of thought
Than the heavenly circuit of its stars
When the moon sails out.

달님처럼 아름답게 빛나는 그대가 나랑 같이 걷네.

얼굴 살짝 붉히며 어느새 내가 가는 길 가운데 서있네.

도도하기만 하던 그대도 살과 피로 된 심장을 품었나 보다.

허나 그대 가슴은 그냥 돌덩이

다가가서 붙잡으려 하면 물처럼 빠져나가기만.

달빛 따라 그대 그리는 손길은

시작도 끝도 없이 미치도록 헤매는 동그라미.

손을 내밀어 잡으려 해도 달님은 그저 멀리서 바라볼 뿐

그대 미소 떠올리기만 해도 나는 마냥 좋기만 한데

내 맘도 모르고 그대 차갑게 돌아서 가버리면

깜깜한 밤에 길 잃고 헤매는 저 별들보다

내 맘은 더 마르고 텅 비어가지.

수양버들 공원을 거닐다

수양버들 공원을 거닐다 내 사랑과 만났습니다
눈처럼 하얀 조그만 발로 공원을 지나갔습니다
나보고 나뭇잎이 자라듯 쉽게 사랑하라 하지만
나는 어리고 어리석어 받아들일 줄도 모릅니다

들녘 강가에 난 내 사랑과 같이 서 있었습니다
처지는 내 어깨에 눈처럼 하얀 손을 올린 그대
나보고 둑에 풀이 자라듯 쉽게 살아가라 하지만
나는 어리고 어리석어 눈물 마를 줄도 모릅니다

Down By The Salley Gardens

Down by the salley gardens my love and I did meet;
She passed the salley gardens with little snow-white feet.
She bid me take love easy, as the leaves grow on the tree;
But I, being young and foolish, with her would not agree.

In a field by the river my love and I did stand,
And on my leaning shoulder she laid her snow-white hand
She bid me take life easy, as the grass grows on the weirs;
But I was young and foolish, and now am full of tears.

나보고 나뭇잎이 자라듯 쉽게 사랑하라 하지만
나는 어리고 어리석어 받아들일 줄도 모릅니다.

나보고 둑에 풀이 자라듯 쉽게 살아가라 하지만
나는 어리고 어리석어 눈물 마를 줄도 모릅니다.

잎도 풀도 스러질 때까지 숱한 이슬 맺었으리라.

하늘의 옷감이 있다면

어둠과 빛과 어스름으로 된
까맣고 푸르고 희미한 옷감
금빛과 은빛으로 수를 놓은
하늘의 옷감이 내게 있다면
그대 발아래 깔아 드리리라
가진 거라곤 그저 꿈이어도
그대 발아래 펼쳐 놓으리니
사뿐히 꿈마저 밟고 가주오

He Wishes for the Cloths of Heaven

Had I the heavens' embroidered cloths,

Enwrought with golden and silver light,

The blue and the dim and the dark cloths

Of night and light and the half-light,

I would spread the cloths under your feet:

But I, being poor, have only my dreams;

I have spread my dreams under your feet;

Tread softly because you tread on my dreams.

그대는 시인을 받아들이지 않는다.
시인은 그대를 사랑하지만 보낼 수밖에 없다.

사랑하는 그대를 위해, 떠나는 그대를 위해
'어둠과 빛과 어스름으로 된'
금빛과 은빛으로 수를 놓은 하늘의 옷감을
떠나는 그대 발아래 깔아드린다.

가진 것 없는 시인은
유일하게 남아있는 '그대와 함께하고픈 꿈' 마저
그대 가는 길에 펼쳐놓는다.
할 수 있는 모든 걸 다 내어놓아 사뿐히 밟고 가도록 한다.

김소월의 스승인 김억이 자신의 번역시집에서 예이츠의 이 시를 「꿈」이란
제목으로 번역하였는데, 김소월의 「진달래꽃」은 예이츠의 이 시에서 영향을
받았다고 전해진다.

이니스프리

나 이제 일어나 가리 이니스프리로 가리
흙과 짚으로 엮은 자그만 오두막집 짓고
아홉 이랑 콩을 심고 꿀벌 한 통 키우리
벌이 잉잉대는 숲속에서 나 홀로 살리라

거기선 맘 편안히 느릿느릿 누려나 보리
아침 여는 햇살에 귀뚜리 우는 소리까지
밤은 빛 못 버리고 낮은 터지도록 빛나리
방울새 날갯짓 소리 저녁 가득 채우리라

나 이제 일어나 가리 밤이어도 낮이어도
호수 여린 손이 하는 연주를 들어보리라
길 가다 멈춰선 채, 어둠에 물드는 동안
가슴 깊이 우러나는 그 울림 들어보리라

The Lake Isle of Innisfree

I will arise and go now, and go to Innisfree,
And a small cabin build there, of clay and wattles made:
Nine bean-rows will I have there, a hive for the honey-bee,
And live alone in the bee-loud glade.

And I shall have some peace there, for peace comes dropping slow,
Dropping from the veils of the morning to where the cricket sings;
There midnight's all a glimmer, and noon a purple glow,
And evening full of the linnet's wings.

I will arise and go now, for always night and day
I hear lake water lapping with low sounds by the shore;
While I stand on the roadway, or the pavements grey,
I hear it in the deep heart's core.

누구나 가슴속엔 이상향이 있기 마련이다.

이니스프리가 그렇다.

흙과 짚으로 엮은 자그만 오두막집 짓고

아홉 이랑 콩을 심고 꿀벌 한 통 키우며

벌이 잉잉대는 숲속에서 홀로 사는 모습 그린다.

거기엔 시인에게 시련을 안기는 사람들이 없다.

이니스프리에서는 뭐든 맘 편안히 느릿느릿 누릴 수 있다.

아침 여는 햇살에 귀뚜라미 우는 소리까지

밤이 깊을수록 별빛과 반딧불이 초롱초롱 빛난다.

낮이 더할수록 햇살은 따스하고 꽃은 활짝 피고 만물은 빛이 넘친다.

방울새 날갯짓하는 소리가 저녁을 가득 채운다.

이니스프리로 가고 싶다.

길 가다가 호수에 해가 질 때면

호수 여린 손이 하는 연주를 들어보고 싶다.

가슴 깊이 우러나는 그런 울림

말없이 가슴으로 들어보고 싶다.

욕심도 사랑도 다 내려놓고

나 이제 이니스프리로 가련다.

하얀 새

우리가 거품 이는 바다를 나는 하얀 새이길
멀어져 희미해가는 별똥별 섬광에 지겹다가
하늘 끝 낮게 드리운 새벽의 푸른 별 불꽃은
우리 가슴에 사그라지지 않을 슬픔 일깨웠지

이슬 맺힌 백합과 장미, 꿈꾸는 자엔 피로가
사랑아 사라지는 별똥별에는 바라지도 마라
이슬지면 나직이 걸려 머뭇거리는 별빛에도
물거품 넘나드는 하얀 새 되리 그대와 나는

수많은 섬들과 요정의 바닷가에 빠져보니
시간은 우리 잊고 슬픔은 더는 오지 않으리
장미와 백합 애달아 한 별빛에도 헤어나리라
사랑아 우리 물거품 위를 나는 하얀 새라면

The White Birds

I would that we were, my beloved, white birds on the foam of the sea!

We tire of the flame of the meteor, before it can fade and flee;

And the flame of the blue star of twilight, hung low on the rim

of the sky,

Has awaked in our hearts, my beloved, a sadness that may not die.

A weariness comes from those dreamers, dew-dabbled, the lily

and rose;

Ah, dream not of them, my beloved, the flame of the meteor that goes,

Or the flame of the blue star that lingers hung low in the fall of the dew;

For I would we were changed to white birds on the wandering foam:

I and you!

I am haunted by numberless islands, and many a Danaan shore,

Where Time would surely forget us, and Sorrow come near us no more;

Soon far from the rose and the lily and fret of the flames would we be,

Were we only white birds, my beloved, buoyed out on the foam of the sea!

장미와 백합 같은 꽃은 무엇을 꿈꿀까? '아름다워지려는 꿈' 이나 '꽃을 피우려는 꿈' 등이 있을 것이다. 섬광을 내며 날아가는 별똥별에게, 캄캄한 밤에 여전히 빛을 내는 별에게 꿈과 소망을 빌기도 한다. 하지만 별똥별이나 별은 우리 곁에 늘 있는 건 아니다. 곁에 있다가 소리 없이 사라진다.

밤에 별을 바라보며 꿈꾸던 장미와 백합에게 이슬을 남기고 별은 떠나간다. 이슬을 지우는 몫은 순전히 장미와 백합에게 남겨진다. 시인은 그대에게 청혼을 하지만 거절당한다. 그렇게 그대와 함께하기를 사랑이 이루어지기를 밤하늘의 별을 보며, 별똥별을 보며 소망하지만 끝내 이루어지지 않는다. 별똥별은 금세 사라지고, 별도 아침이 다가오면 머뭇거리다 말도 없이 사라진다. 시인도 별을 보며 꿈꾸는 것에 피로를 느낀다.

연인이 아니라 그냥 친구로 지내자는 그대와 해변을 거닐다가 그대가 파란 바다 위를 자유롭게 날아다니는 갈매기를 보며 자신도 저런 하얀 새가 되고 싶다고 말한다. 시인도 하얀 새가 되어 그대와 같이 자유롭게 날고 싶다고 생각한다. 현실에서 가로막는 보이지 않는 벽을 넘어 그대와 맘껏 사랑하고파 한다. 파란 물거품은 새로이 만들어지고 어지러이 흘러가지만 하얀 새는 아무 영향 없이 자유롭게 날아다닌다. 시인은 청혼을 거절한 그대와 같이 해변을 걸어가며, 얼마나 하얀 새가 부러웠을까? 끊임없이 만들어지는, 우리를 힘들게 하는 물거품(세상사) 위를 도도하게 나는, 하얀 새가 되기를 시인은 얼마나 간절히 바랐을까? 그대와 함께 물거품 위를 자유롭게 맘껏 날아다니는.

쿨 호수의 야생백조들

가을 나무들은 화사하게 물들고
숲속 오솔길은 발자국 말라있다
시월 어느 날 황혼에 물든 호수
그 안에 여전히 하늘 담겨 있다
바위들 틈 사이로 쉰아홉 백조가
올랑올랑 물결을 이며 지나간다

여기서 처음 백조를 세어보고서
열아홉 번째 가을 내 앞에 오니
미처 하나둘 헤아려보기도 전에
온통 하얗게 백조들 날아오른다
요란스럽게 하나로 날갯짓하며
동그라미 그려 내다 흩어져간다

눈 시릴 만큼 빛나는 저 백조들
이내 가슴은 아련하게 시려온다
이 호숫가에 처음 서 있고 나서

황혼에 날갯짓 종소리 들어보니
모두 다 변하고 변해 가는 것을
사뿐히 보다 사뿐히 걸어왔건만

아직도 지칠 줄 모르는 두 연인
물속을 노닐며 정겹게 어울리다
술래 잡듯이 하늘로 날아오른다
그들 가슴 여태 늙는 법 모르고
어디를 가든지 열정이나 패기는
여전히 사랑하는 가슴 뒤따른다

지금은 그들 잔잔한 물결이듯이
곱고도 신비하게 둥둥 떠다니다
어느 날 내가 잠에서 깨어 보고
백조 날아가 버린 걸 안다 해도
어느 호숫가 물풀에 둥지를 지어
사람들 눈엔 미소가 여전하리니

The Wild Swans at Coole

The trees are in their autumn beauty,

The woodland paths are dry,

Under the October twilight the water

Mirrors a still sky;

Upon the brimming water among the stones

Are nine-and-fifty swans.

The nineteenth autumn has come upon me

Since I first made my count;

I saw, before I had well finished,

All suddenly mount

And scatter wheeling in great broken rings

Upon their clamorous wings.

I have looked upon those brilliant creatures,

And now my heart is sore.

All's changed since I, hearing at twilight,

The first time on this shore,

The bell-bear of their wings above my head,

Trod with a lighter tread.

Unwearied still, lover by lover,

They paddle in the cold

Companionable streams or climb the air;

Their hearts have not grown old;

Passion or conquest, wander where they will,

Attend upon them still.

But now they drift on the still water,

Mysterious, beautiful;

Among what rushes will they build,

By what lake's edge or pool

Delight men's eyes when I awake some day

To find they have flown away?

시인은 32세에 모드 곤에게 청혼을 하지만 실패하고 나서, 처음 이 쿨 호수를 찾는다. 51세 때, 모드 곤이 혼자가 되자 다시 청혼하는데 또 거절당하게 된다. 19년 만에 청혼이 거절당한 뒤에 다시 쿨 호수를 찾아와 그 심경을 그려낸 시가 바로 이 시이다.

백조는 분명히 수명이 있고 늙어 죽는 날짐승이다. 하지만 이 시에서 백조는 신비스러운 자연의 일부이다. 시간이 가면서 시인은 열정과 패기가 쪼그라들고(청혼과 실패를 반복하면서) 늙어 가는데, 백조는 19년 전이나 지금이나 여전히 아름답고 패기 넘치고 서로 다정하다. 사랑하지만 사랑하는 사람과 함께하지 못하는 시인 자신과 대조적이다. 백조는 여전히 어울리며 하나가 되고 한 폭의 풍경화를 만들어 낸다. 노을 진 아름다운 풍경과 백조를 시인은 그저 말없이 바라본다. 보이던 백조가 눈앞에 안 보이더라도, 사람처럼 사라지는 게 아니라 '어느 호숫가 물풀에 둥지를 지어' 또 다른 사람들 눈을 즐겁게 하리라고 본다.

사람은 수없이 사랑한다 말하고 곁에 다가서지만 함께하지 못하고, 백조는 사랑한다는 말 한 마디 안 하지만 늘 어디서든 함께한다. 이 묘한 대조가 아름다운 노을 진 호수 풍경과 함께 그려진다. 청혼 실패에도 사랑하는 사람을 차마 떨치지 못해, 시인은 백조를 바라보면서 부러워했는지 모른다, 아니 백조가 되기를 간절히 소망했는지 모른다.

그대 늙어서

그대 늙어서 머리 희고 잠이 많아져
난롯가에서 졸게 되거든 이 책 꺼내
천천히 읽어요 그리고 꿈을 꿔 봐요
한때 지닌 뽀얀 눈빛과 짙은 음영을

얼마나 사랑했나요 빛나던 순간들을
그대의 아름다움을 진심이든 아니든
단 한 사람만 그대 변해가는 얼굴에
방랑하는 영혼도 슬픔도 사랑했지요

이글거리는 장작더미에 몸을 숙이고
조금은 슬퍼하면서 중얼거려 보세요
사랑이 말도 없이 저 산을 넘어가다
별무리 속에 얼굴 살짝 감추었다고

When You Are Old

When you are old and grey and full of sleep,
And nodding by the fire, take down this book,
And slowly read, and dream of the soft look
Your eyes had once, and of their shadows deep;

How many loved your moments of glad grace,
And lovely your beauty with love false or true,
But one man loved the pilgrim soul in you,
And loved the sorrows of your changing face;

And bending down beside the glowing bars,
Murmur, a little sadly, how Love fled
And paced upon the mountains overhead
And hid his face amid a crowd of stars.

예이츠가 26세 때, 사랑하는 여인 모드 곤을 생각하면서 쓴 시다.

이 시의 시간적 배경은 '그대가 늙고 홀로 남겨진 때'(When you are old)이다. 죽을 때까지 사랑하고, 자신마저 죽고 모든 것이 '종료' 된 시점에서도 시인은 '사랑' 을 언급한다. 시인은 소망했다, 마지막까지 그대를 잊지 않고 곁에 있을 거라고.

그대는 시인의 청혼을 받아들이지 않았다. 시인의 사랑은 이루어질 수 없는 사랑이었다. 그대에겐 더 중요한 가치가 있었고 늘 바쁘게 시간을 보냈다. 화려한 순간들을 보내다가 이젠 아무도 찾지 않는, 볼품없는 할머니가 되어 난로 옆에 앉아있다.

모두가 떠나간 빈자리에, 그대는 이글거리는 장작더미를 몸 숙여 바라보며 자신에게 한결같던 시인을 떠올린다. 조금은 애틋한 마음마저 든다. 시인의 마음을 이제야 알 듯하니 말이다. 문득 저 산 너머 별무리 속에 시인의 얼굴이 겹쳐 보인다. 시인이 말없이 떠나며 저 산을 넘어가다 별무리 속에 얼굴을 살짝 감추었구나 하는 생각을 한다.

시인은 마지막 순간에라도 그대로부터 자기 사랑을 인정받고 싶어 시인을 돌아봐주며 그대가 '조금 슬프게' 중얼거릴 거라고 기대했는지 모른다. 이런 생각을 하기만 해도 시인은 행복했을 것이다.

이루어질 수 없는 사랑에 대한 대처법치고는 애절함 대신 참으로 순박하고 절제된 사랑이다. 정말 끝이 없는 사랑이다.

방울 모자

어릿광대가 정원 거닐었네
적막이 잠이 든 그 정원을
자기 영혼에게 그대 창턱에
올라가 서있으라고 하였지

부엉이들이 울기 시작하자
곧고 푸른 옷을 입고 올라
발걸음 행여 고요히 가벼이
영혼은 지혜롭게 속삭였지

젊은 여왕은 들으려 안 해
엷은 잠옷차림으로 일어나
무거운 창문을 닫아버리고
빗장을 걸어서 잠가버렸네

부엉이 더는 울지 않을 때
광대가 심장에게 가보라 해
하늘거리는 붉은 옷을 입고
문에 대고서 노래를 불렀지

꽃처럼 흔들리길 꿈꾸면서
심장은 달콤하게 노래했지

그대가 부채를 흔들어대니
허공으로 노래 흩어져가네

'이제 가진 건 방울모자뿐'
'이를 그대에 보내고 죽자'
하얗게 동이 트자, 모자를
그대 지나가는 곳에 두었지

구름 같은 머리를 한 그대
가슴에 방울모자 올려놓고
별이 하늘에 새겨질 때까지
붉은 입술은 사랑 노래했네

그대가 문 열고 창문 여니
광대 심장과 영혼이 들어가
붉은 심장은 그대 오른손에
푸른 영혼은 왼손에 안겼지

그들 지혜롭고 달달한 대화
귀뚜라미처럼 쉼 없이 하네
그대 머리는 고이 접은 꽃
걸음엔 사랑이 그윽하였지

The Cap and Bells

The jester walked in the garden:
The garden had fallen still;
He bade his soul rise upward
And stand on her window-sill.

It rose in a straight blue garment,
When owls began to call:
It had grown wise-tongued by thinking
Of a quiet and light footfall;

But the young queen would not listen;
She rose in her pale night-gown;
She drew in the heavy casement
And pushed the latches down.

He bade his heart go to her,
When the owls called out no more;
In a red and quivering garment
It sang to her through the door.

It had grown sweet-tongued by dreaming
Of a flutter of flower-like fair;

But she took up her fan from the table
And waved it off on the air.

'I have cap and bells,' he pondered,
'I will send them to her and die';
And when the morning whitened
He left them where she went by.

She laid them upon her bosom,
Under a cloud of her hair,
And her red lips sang them a love-song
Till stars grew out of the air.

She opened her door and her window,
And the heart and the soul came through,
To her right hand came the red one,
To her left hand came the blue.

They set up a noise like crickets,
A chattering wise and sweet,
And her hair was a folded flower
And the quiet of love in her feet.

방울모자는 광대가 쓰는 우스꽝스러운 모자이다.

이 시에는 사랑을 얻기까지 힘든 여정이 잘 드러나 있다.

시인은 사랑하는 그대를 여왕으로 보고, 자기의 사랑을 전하려고 시도하지만 매번 실패한다.

1~3연은 시인이 온갖 머리를 써서 그대에게 사랑을 인정받으려는 노력의 과정을 보여준다. '영혼'은 '순수한 사랑'을, '부엉이'는 '지혜'를 의미한다. 이성적으로 자신의 사랑을 전하지만 그대는 여전히 높기만 하고, 차갑게 마음을 닫아버린다.

4~5연에서 '심장'은 '뜨겁게 사랑하는 마음'이다. 이성적인 접근이 막히자, 뜨거운 감성으로 접근한다. 영혼이 푸른색이면 심장은 붉은색이어서 묘하게 대조된다. 닫혀 있는 문에 대고 사랑 노래를 정열적으로 부른다. 하지만 그대는 부채를 흔들어 허공으로 노래를 날려버린다.

6~8연은 '방울모자'를 써서 그대에게 죽을힘을 다해(I will send them to her and die) 노력하는 모습을 그린다. 방울모자에 (뜨거운 열정이 담긴) 붉은 심장과 (시간이 흘러도 바래지지 않는) 푸른 영혼을 담는다.

9연에서 광대는 '영혼'과 '심장'이 담긴 '방울모자'로 그대의 사랑을 얻는다.

그들은 푸른 영혼으로 지혜롭게(wise), 붉은 심장으로 달달하게(sweet) 대화를 나눈다. 그대 머리채는 곱게 접은 꽃 같고, 걸음마다 사랑이 그윽이 배어난다. 가만히 있는 모습도 사소한 움직임도 다 아름답고 사랑스럽다. 이런 게 사랑이라 말하는 듯하다.

레다와 백조

급습, 비틀대는 소녀 몸에 올라타
커다란 날개, 끊임없이 파닥거린다
시커먼 물갈퀴, 허벅지를 애무하고
목덜미 물고 젖가슴을 끌어안는다

겁먹은 손가락, 힘없는 허벅지에서
깃털 두른 영광 밀어낼 수가 있나
하얗게 당하고 스러져있어도, 품안
낯선 심장 박동 아니 느낄 수 있나

전율, 허리는 부르르 떤다 거기에
허물어진 성벽, 불타는 지붕과 탑
죽은 아가멤논을 낳는다
　　　　　　　　　　잡힌 채로
하늘의 짐승 같은 피에게 정복당해
소녀는 힘과 함께 지혜를 입었을까
무심한 부리가 소녀 내려놓기 전에

Leda and the Swan

A Sudden blow: the great wings beating still
Above the staggering girl, her thighs caressed
By the dark webs, her nape caught in his bill,
He holds her helpless breast upon his breast.

How can those terrified vague fingers push
The feathered glory from her loosening thighs?
And how can body, laid in that white rush,
But feel the strange heart beating where it lies?

A shudder in the loins engenders there
The broken wall, the burning roof and tower
And Agamemnon dead.
                                    Being so caught up,
So mastered by the brute blood of the air,
Did she put on his knowledge with his power
Before the indifferent beak could let her drop?

이 시의 배경에 그리스 신화가 있다. 레다가 에우로타스강에서 목욕하고 있을 때, 제우스신이 백조 모습으로 하늘에서 내려와 정사가 이루어지는데 레다는 두 개의 알을 낳는다. 그 알에서 클리템네스트라와 헬렌이 나온다. 클리템네스트라는 트로이전쟁 때 그리스군 총사령관인 아가멤논의 아내가 되고, 헬렌은 트로이전쟁의 원인이 된다.

신과 인간이 정사를 나눈다.
이 정사를 그리스 문명의 시발점으로 보기도 한다.
신은 인간을 정복하고, 신이 가진 능력의 일부를 씨앗으로 남긴다.

헬렌으로 트로이전쟁은 시작되고, 성벽은 허물어지고 지붕과 탑은 불에 탄다.
아가멤논은 죽는다.
사랑이라는 인간의 감정을 잘 다스리지 못해 전쟁은 시작된다.

인간의 감성과 이성, 이 두 가지는 상반되게 때론 이중적으로 표출되기도 한다.
레다는 제우스신에게서 힘(power)과 함께 지혜(knowledge)를 온전하게 받았을까?
레다의 후손인 우리는 힘도 지혜도 불완전해, 신과 인간 사이에서 끊임없이 갈등하고 조정해가는 그런 존재인지도. 이러한 갈등과 불완전함이 인간의 숙명인지도.

떠도는 잉어스의 노래

머릿속에 불 활활 타올라
나 개암나무 숲으로 갔네
가지를 꺾어 껍질을 벗겨
낚시 바늘에 딸기 꿰었네
하얀 나방들이 날아다니고
별이 나방처럼 깜빡일 때
그 딸기를 냇물에 드리워
작은 은빛 송어를 낚았네

바닥에 그 송어 내려놓고
불을 피우려고 애쓰는데
무엇인가 바스락거리더니
누군가가 내 이름 부르네
송어 아련히 빛나는 소녀
머리에다 사과 꽃을 꽂고
내 이름 부르며 달려가다
환한 허공 속에 사라지네

빈 골짜기와 언덕 떠돌며
나 또한 이리 늙어가지만
소녀가 간 곳을 찾아내어
입을 맞추고 손을 잡으리
아롱진 무성한 풀숲 따라
세월 다할 때까지 따리라
은빛 물든 달님의 사과를
금빛 물든 해님의 사과를

The Song of Wandering Aengus

I went out to the hazel wood,
Because a fire was in my head,
And cut and peeled a hazel wand,
And hooked a berry to a thread;
And when white moths were on the wing,
And moth-like stars were flickering out,
I dropped the berry in a stream
And caught a little silver trout.

When I had laid it on the floor
I went to blow the fire aflame,
But something rustled on the floor,
And some one called me by my names:
It had become a glimmering girl
With apple blossom in her hair
Who called me by my name and ran
And faded through the brightening air.

Though I am old with wandering
Through hollow lands and hilly lands,
I will find out where she has gone,
And kiss her lips and take her hands;
And walk among long dappled grass,
And pluck till time and times are done
The silver apples of the moon,
The golden apples of the sun.

잉어스(Aengus)는 아일랜드 신화에 나오는 '사랑의 주인' 이다. 떠돌아다니면서 개암나무 가지로 송어를 낚는다. 쉽게 잡히지 않는 사랑을 가슴에 품고 있던 예이츠는 스스로 잉어스가 되어 사랑을 손에 넣는 환상에 빠져든다. 잉어스가 떠돌아다니다 송어를 마침내 낚아내듯.

송어를 붙잡고 '바닥에 내려놓고 불 피우려고' 하는데, 순간 바스락거리면서 누군가가 시인의 이름을 부르며 저 멀리 달려가다가 아련하게 허공 속으로 사라져간다. 소녀는 그렇게 잡힐 듯 사라져간다.

자신을 부르는 소녀의 목소리를 잊지 못하고 시인은 꿈속을 헤매듯 소녀 찾아 떠돌아다닌다. 달처럼 해처럼 빛나는 소녀를 잊지 못하고 손을 잡고 입을 맞추려고 산으로 들로 찾아다닌다. 아롱지고 무성해가는 풀숲을 따라, 은빛 물든 달님의 사과를 금빛 물든 해님의 사과를 따리라 꿈을 꾸며 잉어스가 된 시인은 떠돌아다닌다. 세월이 다할 때까지.

미친 제인과 주교의 대화

길을 가다가 주교를 만나서
이런저런 얘기 많이 나눴다
"젖가슴이 이젠 다 쭈글쭈글
핏줄마저 메말라버리겠어요
이제는 천국의 집에 살기를
이 더러운 돼지우리가 아닌"

"정결과 추함은 사촌 간이라
더러움 안에 아름다움 있죠"
"내 친구들 돌아갔어요 허나
무덤도 침대도 거부 못해요
육체를 낮추고 마음을 높여
긍지로 당당히 새긴 진리죠"

"여자가 사랑에 빠져들 때는
자랑스럽고 당당할 수 있죠
하지만 사랑은 가만히 보면
똥오줌에 집을 짓는 거지요
뭐든 떼어지지 않은 일부를
하나라 전부라 말 못하지요"

Crazy Jane Talks With The Bishop

I met the Bishop on the road
And much said he and I.
'Those breasts are flat and fallen now,
Those veins must soon be dry;
Live in a heavenly mansion,
Not in some foul sty.'

'Fair and foul are near of kin,
And fair needs foul,' I cried.
'My friends are gone, but that's truth
Nor grave nor bed denied,
Learned in bodily lowliness
And in the heart's pride.'

'A woman can be proud and stiff
When on love intent:
But Love has pitched his mansion in
The place of excrement;
For nothing can be sole or whole
That has not been rent.'

길을 가다가 주교는 미친 제인(crazy Jane)을 만나 점잖게 충고한다. 젖가슴이 쭈글쭈글해지고 볼품없어지는데, 천국 가서 정신적으로 충만하게 살기를 권한다. 주교에게 정신적 사랑은 고결하고 아름다운데 육체적 사랑은 추하고 한계가 있다.

이에 미친 제인은 다음과 같이 말한다.

"정결과 추함은 사촌 간이라, 더러움 안에 아름다움 있죠."

미친 제인에게 육체적 사랑은 추하지도 더럽지도 않다. 육체적 사랑은 늙어가도 아름다울 수 있고, 정신적 사랑이라고 늘 고결한 것만은 아니다.

주교는 친구들 얘기를 꺼내며 육체를 낮추고 마음을 높이는 생활이 진리라고 강조한다. 육체는 유한하니, 영혼의 영원성을 '긍지'로 새기기를 권한다.

미친 제인은 '사랑은 똥오줌에 집을 짓는 것과 같다'고 본다. 똥오줌은 비천한 육체에서 나오는 '하찮은 것들'이다. 똥오줌과 무관한 사람은 아무도 없다. 주교에게 사랑은 순수하고 고결하며 하찮은 육체를 뛰어넘는 대상이지만 미친 제인은 사랑을 위해 육체를 낮추거나 멀리하지 않는다. 육체적 사랑은 천하지도 않을뿐더러 정신적 사랑에서 떼어낼 수도 없다.

누구의 말이 사랑의 본질에 더 가까울까?

고결한 정신적 사랑을 강조하는 주교의 품격 있는 말,

사랑은 정신적 육체적으로 나누어 볼 수 없다고 한 미친 제인의 말 중에.

사랑의 슬픔

처마 밑 참새들 재잘대는 소리
눈부신 달과 별빛 그득한 하늘
잎은 익숙하게 바람과 어울리며
한 사내 뒷모습과 눈물 감추네

소녀 일어서고 입술 붉게 떨려
세상 눈물이란 눈물 다 보이네
거친 파도 시달리는 배가 되어
넘고 넘은 시련을 자랑삼으리

처마 끝 참새들 이내 울어대고
기어오르는 달은 텅 빈 하늘에
온통 바람을 맞은 잎의 노래는
사내 그림자 눈물만 지어낼 뿐

The Sorrow of Love

The brawling of a sparrow in the eaves,
The brilliant moon and all the milky sky,
And all that famous harmony of leaves,
Had blotted out man's image and his cry.

A girl arose that had red mournful lips
And seemed the greatness of the world in tears,
Doomed like Odysseus and the labouring ships
And proud as Priam murdered with his peers;

Arose, and on the instant clamorous eaves,
A climbing moon upon an empty sky,
And all that lamentation of the leaves,
Could but compose man's image and his cry.

1연에서 1~3행은 평온하고 조화로운 자연을 보여준다. 평화로운 자연을 배경으로 사람은 남녀 간의 이별과 눈물을 보인다. 조화로운 자연과 불안정한 사람의 이미지가 묘하게 대조된다.

2연에서 자연에 대한 이미지 대신 사랑의 실연과 아픔이 구체적, 중심적으로 묘사된다. 소녀의 떨리는 입술과 눈물, 실연의 아픔이 그려진다.

3연에서 사랑의 슬픔으로 자연도 사람도 조화를 이룬다. 자연과 사람은 하나가 되어 슬픔을 공유한다. 새와 달과 잎도, 그리고 사내도 눈물짓는다.

제2부

죽음	Death
물고기	The Fish
지혜는 시간과 더불어	The Coming Of Wisdom With Time
침묵이 한참 있다가	After Long Silence
사랑은 사람은 위엄하기만	Human Dignity
망토와 배와 신발	The Cloak, the Boat, and the Shoes
말	Words
굳은 약속	A Deep-Sworn Vow
일 에이커 풀밭	An Acre of Grass
너무 오래 사랑하지 마라	O Do Not Love Too Long
말 없는 그대	Maid Quiet
이 세상의 장미	The Rose of the World
연인의 노래	The Lover's Song

죽 음

공포 희망 하나 없다
죽어가는 동물에게는
사람은 끝을 기다린다
두려워하고 꿈꾸면서
여러 번 다시 살았다
그만큼 죽어 가면서
죽이는 자와 대결하는
명에 지닌 위대한 자
숨 못 쉬게 눌러대도
끄떡없다고 놀려댄다
뼛속까지 죽음을 안다
죽음, 사람이 창조했다

Death

Nor dread nor hope attend

A dying animal;

A man awaits his end

Dreading and hoping all;

Many times he died,

Many times rose again,

A great man in his pride

Confronting murderous men

Casts derision upon

Supersession of breath;

He knows death to the bone-

Man has created death

사람은 끝을 기다린다

두려워하고 꿈을 꾸며

여러 번 다시 살았다

그만큼 죽어 가면서

죽여주는 자, 끝내주는 자 속에서

부딪치고 부대끼며 나다움 찾는다

숨 못 쉬게 눌러대도

끄떡없다고 놀려댄다

다 운명이라 받아들이라 해도

죽도록 빠져나 보고 웃어볼 일

뼛속까지 죽음을 안다

죽음, 사람이 창조했다

물고기

달빛 이울어 가면 밀려오고 밀려가는
창백한 물결 속에 그대 숨어버리지만
다가올 날들의 사람들은 알게 되리라
내가 그물을 얼마나 던지고 그랬는지
촘촘히 엮인 내 마음 은빛 그물 넘어
그대 얼마나 수없이 뛰어넘어 갔는지
사람들은 그대 딱딱하고 차갑다 여겨
온갖 쓰리고 따가운 말을 퍼부으리라

The Fish

Although you hide in the ebb and flow
Of the pale tide when the moon has set,
The people of coming days will know
About the casting out of my net.
And how you have leaped times out of mind
Over the little silver cords,
And think that you were hard and unkind,
And blame you with many bitter words.

그대에 늘 빠져들고 그대만 바라보지만,
그대는 아무렇지 않듯 쉽게 빠져나가버린다.
빠져나가는 사랑으로, 빠져드는 사랑은 힘이 빠진다.
그대가 물고기처럼 얄궂기만 하다.

다가올 날들의 사람들은 알게 되리라
내가 그물을 얼마나 던지고 그랬는지
촘촘히 엮인 내 마음 은빛 그물 넘어
그대 얼마나 수없이 뛰어넘어 갔는지

그물을 던지는 시인은 그물을 뛰어넘는 그대만 바라본다.
다시 던지고, 던지고……. 촘촘한 마음으로 엮인 그물을
그대는 아무렇지 않게 넘는다.

사람들은 그대 딱딱하고 차갑다 여겨
온갖 쓰리고 따가운 말을 퍼부으리라

손에 잡힐 듯 잡히지 않는 물처럼 빠져나가는
그대에 대한 나름의 소심한 복수.
이루어지지 않는 사랑에 대한 안타까움을
애써 마주하지 않으려는
시인의 외면일 수도.

지혜는 시간과 더불어

잎은 무성하나 뿌리는 하나
청춘은 거짓이 무성하던 입
햇살에 잎과 꽃 흔들었지만
이제는 진실로 시들어 보리

The Coming Of Wisdom With Time

Though leaves are many, the root is one;
Through all the lying days of my youth
I swayed my leaves and flowers in the sun;
Now I may wither into the truth.

원문의 'leaves' 는 남의 눈에 보이는 자신의 모습이다. 시간이 지나면서 색이 바래가며 때론 푸르기도 누렇기도, 왕성하기도 초라하기도 한다. 'root' 는 남의 눈에 안 보인다. 하지만 내 삶의 근본이며 기본 가치와 생각, 즉 '나다움' 이다.

1행에서는 잎과 뿌리에 대해 말하고, 2행에서는 청춘이 거짓 많았다고 돌아본다. 잎은 푸르다가 쉽게 색이 바래간다. 자신의 청춘도 거짓이 많았다. '무성하다' 는 ① '풀이나 나무 따위가 자라서 우거지다', ② '말, 소문 따위가 섞이거나 퍼져서 많다' 는 의미가 있다. 1행 '잎은 무성하나 뿌리는 하나' 의 '무성하다' 는 ①번 의미이며, 2행 '청춘은 거짓이 무성하던 잎' 의 '무성하다' 는 ②번 의미이다. 말은 '잎' 을 통해 무성해진다.

'sun' 은 동경의 대상이며, 누구나 따르고 좋아하는 대상이다. 'leaves and flowers' 는 '남에게 보이는 자신의 모습', '자신이 아름답게 가꾸던 대상', '자신이 이루어놓은 것들' 이다. 'truth' 는 1행의 'root' 와 연관 있는데, '변하지 않는 것', '자신의 존재 이유', '세상의 이치' 를 말한다.

'wither into the truth' 는 '이제는 진실로 시들어 보리', 즉 이제는 지혜롭게 '겉은 시들어가도 마음은 진실 되게' 한다는 의미다. 'the truth' 는 '나다움, 사람다움' 이며, 겉모습은 변해가도 변함없는 '나다움', '근본적인 자신의 모습' 을 말한다.

잎과 꽃이 저도 나무가 나무이도록 하는 것은 '뿌리' 이다. 잎과 꽃이 지면 많은 이들이 실망하지만, 시인은 지혜롭게 아름답게 '시들어' 보려고 한다. '지혜롭게 시들기' 는 근본적인 자기 성찰을 바탕으로 하며, '거듭나기', '새롭게 태어나기' 를 전제로 한다. 많은 사람들은 나이가 들면 화려했던 잎과 꽃을 그리워하지만, 시인은 잎과 꽃에 가려졌던 '뿌리' 를 찾고 있다.

'진정한 삶' 과 '지혜로운 삶' 을 돌아보게 하는 시이다.

침묵이 한참 있다가

침묵이 한참 있다가 하는 말입니다
다른 연인들은 다 멀어지거나 죽고
무심한 등불은 삿갓으로 몸 가리고
무정한 밤은 커튼이 와서 가립니다
예술이나 노래 같은 고결한 주제에
말하고 또 말하고 우리 그래야지요
몸은 구부러지며 지혜를 얻는군요
젊어선 우리 무지한 사랑 나눴거늘

After Long Silence

Speech after long silence; it is right,
All other lovers being estranged or dead,
Unfriendly lamplight hid under its shade,
The curtains drawn upon unfriendly night,
That we descant and yet again descant
Upon the supreme theme of Art and Song:
Bodily decrepitude is wisdom; young
We loved each other and were ignorant.

두 연인이 밤에 등불을 켜놓고, 창문에 커튼을 치고 대화를 나눈다. 대화가 이어지다 두 사람의 침묵이 한참 이어진다. '무심한' 등불은 삿갓으로 스스로 몸을 가린다. 커튼은 '늘 그랬듯' 밤을 가린다. 둘이 예전처럼 사랑을 나누나 보다 하고. 커튼 드리운 겨울밤에 나이 든 연인들은 마주 앉아 예술이나 시 같은 고상한 주제에 대해 대화만 나눈다.

두 연인이 젊었을 땐 서로 사랑에 빠져들어 뜨거운 사랑을 나누지만, 사랑의 의미를 확인할 만한 지혜가 없었다. 나이 들어서는 사랑의 의미를 아는 지혜를 터득하고 예술이나 노래 같은 고귀한 주제를 이야기하지만, 몸은 사랑을 나누기엔 이미 늙어 맘대로 되지 않는다. 젊음과 아름다움이 있을 때엔 육체적인 사랑은 뜨겁지만, 정신적인 면에서 눈이 어두웠고, 정신적으로 눈이 뜨여 지혜로워지고 사랑의 깊이를 알게 될 때엔 젊음과 아름다움은 어느새 가버리고 육체적인 사랑은 식게 된다.

나이가 들어가면서 젊을 때 하던 사랑을 그대로 할 수는 없다. 사람들은 이런 과정에서 '사랑이 식어간다' 라고 말하기도 한다. 젊은 시절을 회상하며 지금 모습과 견주며 '사랑이 변했다' 고 하면서. 쭈글쭈글해가는 모습을 보며 젊을 때를 그리워하며 그때 나눈 사랑을 '사랑' 이라 말하고 싶겠지만, 시인은 눈앞에 주어진 현실을 지혜롭게 받아들인다. 결국 나이가 들어가도 '사랑은 사랑이다' 라고 말하는 듯하다. 사랑은 '힘'을 잃어가지만 '지혜' 를 얻어가니.

사랑은 사람은 위엄하기만

그대는 달처럼 다정하기에
못 품어 내는 것이 없다고
그리 다감하다 말하더라도
다른 이에도 다 똑같은 걸
벽화의 한 폭 그림이 되어
내 슬픔 그려져 간다 해도

부러진 나무 아래 작은 돌
누운 내 가슴에 얹힌 바위
지나가는 새에게 비명질러
가슴이 아프다 호소한다면
기운은 돌아오련만, 벙어리
사랑은 사람은 위엄하기만

Human Dignity

Like the moon her kindness is,
If kindness I may call
What has no comprehension isn't,
But is the same for all
As though my sorrow were a scene
Upon a painted wall.

So like a bit of stone I lie
Under a broken tree.
I could recover if I shrieked
My heart's agony
To passing bird, but I am dumb
From human dignity.

달처럼 다정하기에 못 품어내는 것 없이

환하게 웃으며 내 이야기 다 들어주지

가만 보니 다른 이에도 다 같은 걸

나만 바라봐달라고 매달려보아도

맘 비우고 돌아서서 떠나보아도

달처럼 환하게 날 바라본다

벽화의 한 폭 그림이 되어

내 슬픔이 그려져 간다 해도

부러진 나무 아래 작은 돌마냥

쓰러진 내 가슴에 얹힌 달만한 바위

새에게 비명질러 가슴 아프다 말해볼까

사랑은 벙어리, 사랑은 사람은 위엄하기만

망토와 배와 신발

예쁘게 환하게 무얼 만드나요?

슬픔이 두를 망토를 만들어요
사람들 눈에 사랑스레 보이게
슬픔 어깨에 망토를 매달아요
사람들 눈에 곱고 환해 보이게

커다란 돛으로 무얼 만드나요?

슬픔이 항해할 배를 만들어요
저 바다를 언제든 달려보라고
방랑자 슬픔이 커다란 돛으로
밤이든 낮이든 헤쳐가보라고

새하얀 털실로 무얼 만드나요?

슬픔이 신을 신발을 만들어요
들릴 듯 말 듯 발걸음 가볍게
사람들 슬픔의 귀에 들리도록
불현듯 온대도 털만큼 가볍게

The Cloak, the Boat, and the Shoes

'What do you make so fair and bright?'

'I make the cloak of Sorrow:
O lovely to see in all men's sight
Shall be the cloak of Sorrow,
In all men's sight.'

'What do you build with sails for flight?'

'I build a boat for Sorrow:
O swift on the seas all day and night
Saileth the rover Sorrow,
All day and night.'

'What do you weave with wool so white?'

'I weave the shoes of Sorrow:
Soundless shall be the football light
In all men's ears of Sorrow,
Sudden and light.'

누구나 슬픔을 겪을 수 있다. 사랑하는 사람도 그러하다.

슬픔을 멀리하고 밀어내기보다는, 먼저 다가가고 슬픔을 따뜻하게 맞이하는 시다.

슬픔이 하나의 대상으로 등장한다.

사랑하는 사람이 슬픈 일 있더라도 더 안 아파하고 이겨냈으면 하는 바람이 담겨있다.

시인은 슬픔이 두를 망토를 만든다.

사람들 눈에 사랑스레 보이고, 슬픔이 더는 안 슬프고 환해보이게.

커다란 돛으로 슬픔이 항해할 배를 만든다.

뻥 뚫린 바다를 맘껏 달려보며 방랑자 슬픔이 헤쳐 나가라고.

새하얀 털실로 슬픔이 신을 신발을 만든다.

슬픔이 온다 해도 '들릴 듯 말 듯 발걸음 가볍게', '불현듯 온대도 털만큼 가볍게'

말

얼마 전에 나는 이런 생각을 했어
내 연인은 이해할 수 없을 거라고
내가 뭘 했는지 뭘 하려고 하는지
눈이 멀고 쓰리기만 한 이 땅에서

해를 바라만 보아도 넌더리 치다가
어느덧 생각이 말끔하게 개어가니
떠올랐지 내가 최고로 잘한 점은
내 맘을 말로 또렷이 꺼내려 한 일

해마다 난 이리 간절하게 외쳤지
결국 그대는 말을 다 이해하려니
그동안 나는 힘을 모으고 모아서
말은 내가 부르는 대로 응하니까

그대가 내 말을 알아들었다 한들
체로 무슨 말 걸렀는지 누가 알까
그랬다면 진즉 서툰 말 던져버리고
나, 맘 편히 늘어지게 살았을 텐데

Words

I had this thought a while ago,
'My darling cannot understand
What I have done, or what would do
In this blind bitter land.'

And I grew weary of the sun
Until my thoughts cleared up again,
Remembering that the best I have done
Was done to make it plain;

That every year I have cried, 'At length
My darling understands it all,
Because I have come into my strength,
And words obey my call';

That had she done so who can say
What would have shaken from the sieve?
I might have thrown poor words away
And been content to live.

말로 사랑을 표현하고 인정받으려 하지만

말처럼 쉬운 건 아니다.

말을 돌아보고 또 돌아보게 된다.

말을 더 다듬고 더 맘을 담아내려 한다.

하지만 맘을 담아내기엔 말은 부족할 뿐.

힘을 모으고 모아, 말은 내가 부르는 대로 응하는데도

내 말을 내 맘을 알아들은 것 같다가도

어떤 말은 체로 걸러낸 듯하고…….

아무리 애를 써도 체로 걸러진다는 걸 진즉 알았다면

서툴기만 한 말 던져버리고, 나 맘 편히 늘어지게 살았을 텐데…….

사랑은 말처럼 쉽지 않고, 맘먹은 대로 되는 것도 아니다.

굳은 약속

굳은 약속 너는 지키지 않고
다른 이들만 내 곁에 있었지
잠에 젖어 빠져들어 갈 때나
술에 젖어 달아올라 갈 때나
죽음과 마주할 때면 네 얼굴
불현듯 바람 되어 내게 오지

A Deep-Sworn Vow

Others because you did not keep

That deep-sworn vow have been friends of mine;

Yet always when I look death in the face,

When I clamber to the heights of sleep,

Or when I grow excited with wine,

Suddenly I meet your face.

나만 생각한다는
나만 사랑한다는
굳은 약속

사랑은 말없이 가버리고
……

잠에 젖어 빠져들어 갈 때나
술에 젖어 달아올라 갈 때나
죽도록 아파 넋이 나갈 때면
불현듯 바람 되어 내게 오지

일 에이커 풀밭

그림도 책도 남아있다
바람 쐬고 운동할 만한
축구장 반쪽인 풀밭도
기력이 다해가는 지금
밤이 되면, 낡은 집엔
생쥐만 휘저어 다니고

어떤 유혹도 잠잠하다
여기, 삶의 끝에 서니
헐거워진 상상 다 해도
속가슴은 작동 못 하여
헐어지고 앙상한 뼈만
진리는 돌아보면 없다

미치도록 빠지게 하리
타이몬과 리어가 되어
자신을 다시 고쳐내리
윌리엄 블레이크 되어
벽 두드리고 두드리리
진리가 따라올 때까지

미켈란젤로 가슴 되어
구름을 꿰뚫어 보려니
죽도록 열광에 빠져서
죽은 자도 흔들어보리
늙은이의 독수리 가슴
사람들 까먹었다 해도

An Acre of Grass

Picture and book remain
An acre of green grass
For air and exercise
Now strength of body goes
Midnight, an old house
Where nothing stirs but a mouse

My temptation is quiet
Here at life's end
Neither loose imagination
Nor the mill of the mind
Consuming its rag and bone
Can make the truth known

Grant me an old man's frenzy
Myself must I remake
Till I am Timon and Lear
Or that William Blake
Who beat upon the wall
Till Truth obeyed his call;

A mind Michael Angelo knew
That can pierce the clouds
Or inspired by frenzy
Shake the dead in their shrouds;
Forgotten else by mankind,
An old man's eagle mind.

74세까지 살았던 예이츠가 73세 때 쓴 시이다.

늙어 기력이 다해가고, 시인이 움직일 수 있는 공간도 점점 한정된다.

삶의 끝자락에서 바라보는 인생 풍경에 대한 소회가 2연에 가감 없이 잘 드러난다.

시인은 타이몬과 리어가 되어 무슨 일이든지 다시 미치도록 빠져들고 싶어 한다.

남들이 보기엔 사소하게 보이는 일이어도.

(타이몬은 셰익스피어의 비극 『아테네의 타이몬』에서 재산을 탕진하여 가난해진 끝에 자기를 배반한 친구에게 '리어왕'처럼 미치도록 격분한다.)

윌리엄 블레이크 되어 벽을 두드리고 또 두드리고자 한다. 진리가 따라올 때까지.

(블레이크는 영국의 위대한 시인으로, 예이츠 시에 커다란 영향을 미쳤다고 한다.)

삶과 죽음, 진리가 구름에 가려있지만 '죽도록 열광에 빠져서',

  '미켈란젤로 가슴이 되어' 죽은 자도 흔들어보려 한다.

(미켈란젤로는 「천지창조」와 「최후의 심판」이라는 벽화를 그렸다.)

늙은 시인에게도 독수리 가슴이 있다는 걸 사람들은 까맣게 잊었다 해도.

너무 오래 사랑하지 마라

연인아 너무 오래 사랑하지 마라
나는 사랑을 오래오래 하다 보니
어느 순간 구닥다리 노래가 되어
유행 지나버려 좋은 시절 갔으니

우리가 젊어서 사랑 나누던 내내
너도 나도 따로 구별이란 몰랐지
네 생각 내 생각은 어디까지인지
그만큼 우린 마냥 한 몸이었는데

아, 그녀가 한순간에 변해버리네
그깟 사랑, 너무 오래 하지 마라
안 그러면 낡아버린 옛 노래처럼
당신도 유행이 지나 한물갈 테니

O Do Not Love Too Long

Sweetheart, do not love too long:
I loved long and long,
And grew to be out of fashion
Like an old song.

All through the years of our youth
Neither could have known
Their own thought from the other's,
We were so much at once.

But O, in a minute she changed-
O do not love too long,
Or you will grow out of fashion
Like an old song.

사랑은 뜨겁다가 식을 수도 있지

얼마나 식었는지는 중요하지 않아

사랑의 유통기한은 들여다보는 자에게 생기지

한물가고 눅눅한 사랑이어도

아무리 해도 새로워지지 않는 '그저 그런 사랑' 이라 해도

어느덧 내 몸이 되어버리면

작은 가시에 같이 아파하고

안 보이면 두리번거리게 되는

말 없이 맘으로 말할 수 있는

이런 흔하디흔한 공기 같은 사랑을

시인은 간절히 꿈꾸었는지도.

멀리 있는 사랑에 대한 서운함과 아련함이 묻어나 있다.

말 없는 그대

적갈색 두건에 고개를 숙인
말 없는 그대, 어디 갔는가?
별들을 깨어나게 한 바람은
내 핏줄 관통해 불어오는데
그대 떠난다고 일어날 적에
난, 어찌 그리 담담할 수가
벼락을 불러내던 말들 휙휙
내 가슴 뚫고서 지나가는데

Maid Quiet

Where has Maid Quiet gone to,
Nodding her russet hood?
The winds that awakened the stars
Are blowing through my blood.
O how could I be so calm
When she rose up to depart?
Now words that called up the lightning
Are hurting through my heart.

이별할 때 우리는 '말 없는 그대'가 된다.
서로 평소에 하던 사랑한다는 말
그때 그대는 '말이 없다.'

별들을 깨어나게 한 바람은 얼마나 차갑고 시릴까?
바람을 맞으면 바람이 핏속으로 불어와
입은 차갑게 얼어붙고 눈가에 눈물 맺히고 가슴은 시려온다.

떠난다고 일어날 때
어찌 그리 담담할 수가
벼락을 불러내던 말들 휙휙 가슴 뚫고서 지나가는데.

이 세상의 장미

아름다움이 꿈처럼 사라진다고 누가 꿈꾸었는가
이제 더 새로이 경이롭지 못할까 봐 눈물이 나는
온통 교만으로 가슴 미어지는 붉은 입술 때문에
커다랗고 희미하게 한 줄기 죽음의 불빛 속에서
트로이는 사라져가고 우스나의 아이들도 죽었다

우리도, 우리를 힘들게 하는 세상도 사라져간다
하늘에서 물거품 되어, 사그라져가는 별들 아래
겨울에 엎치락덮치락 흘러가는 창백한 물살처럼
중심을 잃고 자리 내어주는 사람들의 영혼 속에
이 얼굴만은 외로워도 아랑곳없이 살아남으리라

대천사들아, 너희 희미한 자리에서 허리 굽혀라
그대들이 있기도 전에, 뭇 심장이 뛰기도 전에
질릴 정도로 정겨운 누군가 하느님 곁을 맴도니
하느님은 이 세상을 푹신한 풀밭 길로 만들었다
길을 잃어 헤매고 다니는 그녀의 걸음걸음 앞에

The Rose of the World

Who dreamed that beauty passes like a dream?
For these red lips, with all their mournful pride,
Mournful that no new wonder may betide,
Troy passed away in one high funeral gleam,
And Usna's children died.

We and the labouring world are passing by:
Amid men's souls, that waver and give place
Like the pale waters in their wintry race,
Under the passing stars, foam of the sky,
Lives on this lonely face.

Bow down, archangels, in your dim abode:
Before you were, or any hearts to beat,
Weary and kind one lingered by His seat;
He made the world to be a grassy road
Before her wandering feet.

이 세상의 장미는 예이츠의 연인인 모드 곤을 지칭한다.
예이츠에게 모드 곤은 '아름다움 그 자체'이다.

1연에서 아름다움은 꿈처럼 사라지는 게 아니다. 더 새로이 경이롭지 못할까 봐 눈물이 나는 대상이다. 커다랗고 희미한 죽음의 불빛 속에 아름다움을 갖고 싶어 하던 많은 사람은 죽어간다. 헬렌을 얻기 위해 트로이 전쟁이 일어났듯이. 우스나 아들 니셔는 늙은 왕의 부인 데어드라와 도망가는데, 우스나의 삼 형제도 다 죽는다. 사람들은 아름다움을 가지려 여전히 꿈을 꾼다. 때론 다치고 아프고 심지어 죽어가면서.

2연에서 우리나 우리를 힘들게 하는 세상이나 다 사라져간다.
우리에게 희망을 주는 별도 물거품 되어 사그라져가고 한겨울 찬바람에 끊임없이 흐를 것 같은 강물도 창백해져가다 얼어버린다.
사람 영혼은 한결 같은 듯해도 변해가고 중심을 잃어가다 자리를 내어준다.
이런 영혼들 속에서도 그대만은 외로워도 아랑곳없이 살아남는다.

3연에서 그대 아름다움은 대천사들도 허리를 굽혀야 하는 대상이다.
대천사들이 존재하기 전에, 뭇 심장들이 뛰기도 전에
그대는 질릴 정도로 정겹게 하느님 곁을 맴돌면서 가까이 있었다.
하느님은 이 세상을 푹신한 풀밭 길로 만들어 주었다.
길을 잃어 헤매고 다니는 그대의 걸음걸음 앞에다.

시인은 말하고자 한다.
그대는 대천사나 세상 누구도 따라올 수 없는 그런 존재로, 그대 아름다움은 영원하다고.

연인의 노래

새는 하늘을 갈망하고
생각은 모르는 세계를
씨앗은 자궁을 그린다
똑같은 안식이 앉는다
둥지 위에, 가슴 위에
긴장하는 허벅지 위에

The Lover's Song

Bird sighs for the air,

Thought for I know not where,

For the womb the seed sighs.

Now sinks the same rest

On mind, on nest,

On straining thighs.

새는 하늘을 갈망하면서 둥지에 앉는다.

생각은 모르는 세계를 찾아서 가슴에 앉는다.

씨앗은 자궁을 그리며 긴장하는 허벅지에 앉는다.

제3부

도요새를 나무라며   He Reproved the Curlew

수레바퀴   The Wheel

아담의 저주   Adam's Curse

절대로 마음을 다 주지 마라   Never Give All the Heart

화살   Arrow

완벽한 아름다움에 대하여   He Tells of the Perfect Beauty

위안받는 어리석음   The Folly of Being Comforted

죽음에 대한 꿈   A Dream of Death

선택   The Choice

인형들   The Dolls

가면   The Mask

학자들   The Scholars

빈 잔   The Empty Cup

작품해설 - 김용성의 에이츠 번역시집에 부쳐

도요새를 나무라며

도요새여 날아가며 더는 울지 마라
울려면 서쪽 바닷물에 대고 울든가
네가 울면 뜨거운 눈은 흐릿해지고
머리채 흔들리다 가슴 무겁게 되리
하늘거리던 속가슴도 내려앉으리니
바람마저 울면 더는 말도 못하리라

He Reproved the Curlew

O curlew, cry no more in the air

Or only to the water in the west

Because your crying brings to my mind

Passion-dimmed eyes and long heavy hair

That was shaken out over my breast

There is enough evil in the crying of wind

사랑은 버림받고 나면 가만히 있어도 높이 나는 도요새도 알아서 운다.

바람을 맞은 자에게 바람 불어대면 속가슴 쓸어가는 시린 눈물이 온다.

아프면 아플수록 아리면 아릴수록 사랑은 말없이 젖어들다 메말라간다.

수레바퀴

겨울이면 우리는 봄을 찾고
봄에는 여름을 노래 부른다
울타리 겹겹이 둘러싸일 땐
겨울만한 게 없다고들 하고
그러고 나면 좋은 것은 없다
봄 같은 때는 아니 왔으므로
우리 피를 어지럽게 하는 건
무덤 부르는 줄도 모른 손짓

The Wheel

Through winter-time we call on spring,
And through the spring on summer call,
And when abounding hedges ring
Declare that winter's best of all;
And after that there's nothing good
Because the spring-time has not come-
Nor know that what disturbs our blood
Is but its longing for the tomb.

겨울이면 봄을 찾고

봄이면 여름을 노래 부른다.

울타리 울창하게 둘러싸인 가을이면

아무리 봐도 겨울만한 게 없다고들 한다.

그렇게 기대하는 순간은 그대로 머물지 못하고

그러고 나면 정작 좋아하는 것은 나와 멀어져 있다.

돌고 돌다 가만 보니 무덤 부르는 줄도 모르는 손짓이다.

고개 들어 둘러보는 지금 그대로 그대가 꿈을 누리는 순간이다.

아담의 저주

여름이 끝나가는 어느 날 우리는 모여 앉았다
그대 절친 아름답고 온화한 여인과 그대와 나
셋이 대화를 나누다 시에 대해 말하게 되었다
"시 한 줄을 쓰는 데 몇 시간이 걸리기도 해요
한 행에 한순간의 생각을 잘 드러내지 못하면
헛되이 꿰맸다가 풀었다 하는 짓을 하게 되죠
차라리 무릎 꿇고 부엌 바닥 박박 문지르거나
아니면 가난한 노인처럼 비가 오나 눈이 오나
돌이나 깨면서 생활하는 편이 더 나을 듯해요
아름다운 운율을 한데 어우러지게 하는 작업은
이런 온갖 노동보다 더 힘이 드는 일이니까요
하지만 순교자들이 세속적인 자들이라 부르는
은행원이나 학교 선생님이나 성직자들과 같은
시끄러운 부류는 놀고먹는다 생각해요"

                                          그러자
달콤하고 낮게 속삭이는 목소리를 들어봤다면
많은 사람들 꽤나 가슴앓이를 했을 법한 여인
그 아름답고 온화한 여인이 말을 이어 나갔다
"여자로 태어나면 알아야 하는 한 가지가 있죠
학교에서는 아무도 해주지 않았던 이야기인데

여자는 아름다워지려고 애써야 한다는 거지요"
"아담이 타락한 이래, 멋진 일들은 죄다 많은
노동을 필요로 한다는 건 분명 맞는 말이에요
사랑은 고상하면서도 예의가 가득해야 한다고
생각했던 연인들은 아름다운 고서를 뒤적이다
좋은 본보기들을 뽑아 탄식하면서 인용하고는
유식한 표정을 짓는 경우가 많이 있어 왔지요
하지만 이젠 그런 일은 아주 쓸데없는 짓이죠"

내가 사랑이란 말을 꺼내자 다들 조용해지고
마지막 열기를 다해 사라져가는 해를 보았다
청록 빛이 아직 남아있어 떨고 있는 하늘에서
달은 닳고 닳아버린 조개껍데기가 되어있었다
별무리에서 밀려오고 밀려가는 시간의 파도에
날이 가고 해가 가며 씻기고 부서진 조개껍데기

오로지 그대만 들어줬으면 하는 말이 있었다
그대는 아름다웠고 그대를 죽도록 사랑했다고
그저 고매한 옛날 방식으로 붙잡으려 했을 뿐
모든 것이 다 행복으로 보였는데 우리 가슴은
어느새 지치고 쪼그라들기만 저 텅 빈 달처럼

Adam's Curse

We sat together at one summer's end,
That beautiful mild woman, your close friend,
And you and I, and talked of poetry.
I said: 'A line will take us hours maybe;
Yet if it does not seem a moment's thought,
Our stitching and unstitching has been naught.
Better go down upon your marrow-bones
And scrub a kitchen pavement, or break stones
Like an old pauper, in all kinds of weather;
For to articulate sweet sounds together
Is to work harder than all these, and yet
Be thought an idler by the noisy set
Of bankers, schoolmasters, and clergymen
The martyrs call the world.'

     And thereupon
That beautiful mild woman for whose sake
There's many a one shall find out all heartache
On finding that her voice is sweet and low
Replied: 'To be born woman is to know-
Although they do not talk of it at school-
That we must labour to be beautiful.'

I said: 'It's certain there is no fine thing
Since Adam's fall but needs much labouring.
There have been lovers who thought love should be
So much compounded of high courtesy
That they would sigh and quote with learned looks
Precedents out of beautiful old books;
Yet now it seems an idle trade enough.'

We sat grown quiet at the name of love;
We saw the last embers of daylight die,
And in the trembling blue-green of the sky
A moon, worn as if it had been a shell
Washed by time's waters as they rose and fell
About the stars and broke in days and years.

I had a thought for no one's but your ears:
That you were beautiful, and that I strove
To love you in the old high way of love;
That it had all seemed happy, and yet we'd grown
As weary-hearted as that hollow moon.

이 시의 등장하는 사람은 세 명이다. 그대는 '모드 곤' 이고, 절친이라 소개되는 '아름답고 온화한 여인' 은 모드 곤의 동생 캐들린이다. 이 시를 쓸 무렵 시인은 모드 곤에게 청혼을 했지만 거절당하고, '친구 관계' 로 셋이 모여 대화를 나누게 된다.

모드 곤은 대화에서 말이 없다. 시인은 먼저 시를 쓰는 일이 쉽지 않다고 말한다. '헛되이 꿰맸다 풀었다 하는 짓' 을 많이 하게 된다고 하자, '아름답고 온화한 여인' 은 '여자는 아름다워지려고 애써야 한다' 고 말한다. 대화가 잘 안 맞는 모습을 노출한다.

시인은 '아담의 타락' 을 얘기하면서 사랑을 얻는 일도 부단한 노력이 필요하고, 많은 연인들이 그렇게 하지만 가만 보면 참 쓸데없는 짓이라고 말한다. 결국 '사랑' 에 대한 시인의 속내가 드러나는데, 뜻대로 되지 않는 사랑에 대한 진한 소회를 드러낸다.

셋은 말없이 밖을 보며 '닳고 닳아버린 조개껍데기' 모양을 한 초승달을 바라본다. 시인은 그 조개껍데기가 '별무리에서 밀려오고 밀려가는 시간의 파도에 날이 가고 해가가며 씻기고 부서진' 거라고 본다. 시인은 달을 바라보면서 또한 자신을 보게 된다.

사랑을 붙잡으려 애쓰던 순간들이, 행복하다 느끼던 순간들이 아련하게 지나간다. 어느새 지치고 쪼그라든 저 텅 빈 달을 시인은 하염없이 바라본다, 어느덧 텅 빈 달이 되어버린 자신의 모습도. 다 아담의 저주일지 모른다 생각하며.

절대로 마음을 다 주지 마라

절대로 마음을 다 주지 마라
사랑 확실해보이면 정열적인
여인 더는 관심 주지 않으리
키스하고 또 하다 식을 줄은
꿈에서라도 꿈꾸지 못하리니
사랑스러운 건 다 짧기만 해
꿈같은, 정감어린 희열일 뿐
아, 절대 마음 다 주지 마라
보드란 입술 말만 하면 죄다
사랑 연극에 가슴 바치는 짓
귀먹고 말 못하는 눈먼 사랑
연기라도 폼 나게 해보려나?
이리 빠져든 자는 다 알려니
마음 다 줘도 잃어버리는 걸

Never Give All the Heart

Never give all the heart, for love
Will hardly seem worth thinking of
To passionate women if it seem
Certain, and they never dream
That it fades out from kiss to kiss;
For everything that's lovely is
But a brief, dreamy, kind delight.
O never give the heart outright,
For they, for all smooth lips can say,
Have given their hearts up to the play.
And who could play it well enough
If deaf and dumb and blind with love?
He that made this knows all the cost,
For he gave all his heart and lost.

짝사랑 하는 모드 곤이 다른 남자와 결혼 했다는 얘기를 듣고 쓴 시이다.

사랑이 찢겨나가는 아픔과 상실감이 묻어나 있다.

가슴에 여전히 가득 들어차있는 여인을 이 시를 쓰며 스스로 밀어내려 애썼으리라.

(하지만 이후에도 시인은 모드 곤과의 정신적인 유대를 놓지 않는다.)

'마음 다 줘도 잃어버리는'

이처럼 가슴 시리게 하는 표현이 또 있을까?

화 살

그대 아름다움을 그려보다 순간
거친 생각 화살, 골수에 박히네
키 크고 고결한데다 얼굴과 가슴
사과 꽃이 되어 여리게 피어나는
갓 성숙한 여인이던 때의 그대를
볼 수 있는 자는 이제 없는지도
곱고 더 다정하기만 한데, 왠지
이내 한물가버릴까 나는 눈물만

Arrow

I thought of your beauty, and this arrow,
Made out of a wild thought, is in my marrow.
There's no man may look upon her, no man,
As when newly grown to be a woman,
Tall and noble but with face and bosom
Delicate in colour as apple blossom.
This beauty's kinder, yet for a reason
I could weep that the old is out of season.

그대 아름다움은 늘 변함없다 그리 생각하다가,

어느 순간 거친 생각 화살이 골수에 박힌다.

키 크고, 고결하고, 얼굴과 가슴은 미백색 사과 꽃이 되어

여리게 피어나던 그대를 그 모습 그대로 볼 수 있는 자는 이제 없을지도.

왠지 그대 아름다움이 쏜 화살이 되어 아무도 못 찾게 달아나버릴 것만 같다.

그대 이렇게 곱고 더 다정하기만 한데.

완벽한 아름다움에 대하여

구름 눈꺼풀과 꿈같은 눈동자
완벽한 아름다운 여인을 평생
시를 써서 지어내는 시인들도
한 여인의 눈빛엔 할 말 잃어
하늘 한가로운 무리에도, 이슬
똑똑 잠들면 가슴 고개 숙이리
자유로운 별들과 그대 앞에서
신이 시간을 태워버릴 때까지

He Tells of the Perfect Beauty

O cloud-pale eyelids, dream-dimmed eyes

The poets labouring all their days

To build a perfect beauty in rhyme

Are overthrown by a woman's gaze

And by the unlabouring brood of the skies:

And therefore my heart will bow, when dew

Is dropping sleep, until God burn time

Before the unlabouring stars and you.

시인은 평생 아름다움에 대해 시를 써 왔지만
한가로운 하늘과 눈앞에 있는 그대와 비교해보면
시인의 작품들은 아무것도 아니라는 것.
눈앞에 펼쳐진 자유로운 별들과 그대를 대할 때면
시인의 가슴은 절로 고개가 숙여진다.

한가로이 펼쳐진 하늘 풍경과
늘 보고 또 보고 싶어 하는 눈앞에 있는 그대가
'완벽한 아름다움' 이라고 시인은 말한다.

위안받는 어리석음

늘 다정하던 누군가가 어제 말했다
"네 연인 머리칼은 잿빛 실이 되고
눈 주변엔 작은 그림자가 드리워요
시간 흐르면 더 쉬이 지혜로워지니
지금은 다 힘들게만 보이고 그래도
당신은 그저 참고 또 참아야 해요"

가슴이 아니라고 소리친다
"위안이 약간은커녕 하나도 안 돼요
시간은 그대 다시 아름답게 만들 뿐
그대는 위대하고 고귀하기 때문에
그대 휘감은 불은 더 잘 타올라요
그대 눈빛에 온전히 격렬한 여름이
들어있을 때도 이러지는 않았는데"

아 가슴아 그대가 고개만 돌려줘도
알리라 바로 위안받는 어리석음을

The Folly of Being Comforted

One that is ever kind said yesterday:
'Your well-beloved's hair has threads of grey,
And little shadows come about her eyes;
Time can but make it easier to be wise
Though now it seem impossible, and so
All that you need is patience.'

                    Heart cries, 'No,
I have not a crumb of comfort, not a grain.
Time can but make her beauty over again:
Because of that great nobleness of hers
The fire that stirs about her, when she stirs,
Burns but more clearly. O she had not these ways
When all the wild summer was in her gaze.'

O heart! O heart! if she'd but turn her head,
You'd know the folly of being comforted.

시인은 사랑하는 사람에게 수없이 다가가고 사랑을 얻으려 하지만 이루지 못한다.
가까이 지내는 사람이 그런 시인을 위로한다.
사랑하는 사람 머리가 희끗해지고 눈 주변에 잔주름이 생겨,
시간이 흐르면 자연스럽게 당신을 인정하게 되니 잘 참아보라고.

하지만 심장은 아니라고 소리친다.
시간은 그대를 다시 아름답게 만들 뿐,
그대 휘감은 광채는 더 빛나기만 하고.
그대 눈빛은 예전보다 더 타오르기만 하고.

딱 한 번만이라도 자신에게 고개 돌려주길.
시인은 그렇게 해서라도 위안받고 싶어 한다.
남들은 다 어리석다 여긴다 해도.

죽음에 대한 꿈

낯설고, 어색하기만한 곳에
누군가가 죽은 꿈을 꾸었다
외로운 곳에 눕혀도 되는지
마을 농부들 약간 망설이다
얼굴에 판자 올려 못질하고
그녀 위에다 흙을 쌓아올려
나무토막으로 십자가 세웠다
빙 둘러 사이프러스를 심고
무심한 별에다 그녀 맡겼다
내가 비문 새겨놓을 때까지
그녀는 첫사랑보다 고왔지만
이제 널빤지 아래 누워있다

A Dream of Death

I dreamed that one had died in a strange place

Near no accustomed hand;

And they had nailed the boards above her face,

The peasants of that land,

Wondering to lay her in that solitude,

And raised above her mound

A cross they had made out of two bits of wood,

And planted cypress round;

And left her to the indifferent stars above

Until I carved these words;

She was more beautiful than thy first love,

But now lies under boards.

짝사랑하던 모드 곤이 멀리 낯선 땅에서 죽었다는 소문을 듣고 쓴 시다.
사실은 병에 걸렸다가 나중에 완쾌되는데,
시인은 이 시를 모드 곤에게 보냈다고 전해진다.

그녀는 당신의 첫사랑보다 고왔지만
이제 허름한 널빤지 아래 누워있다

시인이 사랑한 그녀를 위해 지은 비문이다.
이제 허름한 널빤지 아래 누워있지만
아무도 찾지 않고, 모두에게 쉬이 잊히겠지만
누구나 간직하는 풋풋하고 아름다운 첫사랑보다 더 고왔다고
마지막까지 그대 곁을 지키고 그대 편이 되어준다.

선 택

사람의 지성은 한쪽 선택해야 하리
인생의 완성이냐 작품의 완성이냐
작품이면 천국의 집 포기해야 하리
어둠 속에서 열이 나 날뛰어 가도
이야기가 끝나면 무엇이 새로울까
운이 있든 없든 흔적으로 남은 땀
오랜 세월 착잡하게 텅 비운 지갑
낮의 허영이거나 밤의 회한이거나

The Choice

The intellect of man is forced to choose
Perfection of the life, or of the work,
And if it take the second must refuse
A heavenly mansion, raging in the dark,
When all that story's finished, what's the news?
In luck or out the toil has left its mark:
That old perplexity an empty purse,
Or the day's vanity, the night's remorse.

살아가면서 다 잘할 수 없어
사람들은 선택하며 살아간다.
인생의 완성인지
작품의 완성인지

인생의 완성이라면
성품 면에서, 직업 면에서, 성취 면에서
'천국의 집' 에 들어가 행복을 누릴 수 있지만
작품을 생산하는 고뇌와 희열을 경험하지 못한다.

작품의 완성이라면
많은 사람이 부러워하는 '천국의 집' 에 못 들어간다 해도
오랜 세월 못 채운 지갑 속에도 고달프게 땀 흘릴 줄 알고
때론 앞 안 보이는 어둠 속에도 열정과 희열 누릴 줄 안다.

교과서처럼 살아서 많은 이에게 존경받으며 여유롭게 살지
아니면, 캔버스의 그림 같이 부족해도 하고픈 대로 하며 살지
사랑도 교과서처럼 할지 아니면 수채화처럼 할지
다 선택이다.

누군가에게 낮은 허영일 수도 밤은 회한일 수도.
알고 보면, 같은 아픔일 수도 같은 행복일 수도.
인생의 완성인지 작품의 완성인지, 그렇게 살아가다 보면
사는 것이 인생이고, 인생은 하나같이 작품일 수도.

인형들

인형 만드는 집에서 인형 하나가
요람에서 우는 아기에게 쏘아댄다
"저놈이 우리에게 모욕을 주네"
전시를 위해 진열되어 있는,
여러 세대의 인형을 보아온
가장 나이 많은 인형이
진열대가 들썩일 정도로 소리친다
"이곳을 흉볼 수 있는
놈 하나도 없을 텐데 치욕스럽게
저 남자와 여자가 우리 안방에다
시끄럽고 더러운 놈 데려오다니"
아기가 신음을 내며 팔다리 뻗자
남편은 짓궂은 아기 울음소리에
의자팔걸이에 기대 움츠러들었다
이를 알아차린 인형 장인 아내는
남편 어깨에 머리를 기대고
귀에다 속삭인다
"여보, 여보, 아이고 여보,
저 애는 사고였을 뿐이에요"

The Dolls

A doll in the doll-maker's house

Looks at the cradle and bawls

'That is an insult to us.'

But the oldest of all the dolls

Who had seen, being kept for show

Generations of his sort

Out-screams the whole shelf: 'Although

There's not a man can report

Evil of this place

The man and the woman bring

Hither, to our disgrace

A noisy and filthy thing.'

Hearing him groan and stretch

The doll-maker's wife is aware

Her husband has heard the wretch

And crouched by the arm of his chair

She murmurs into his ear

Head upon shoulder leant

'My dear, my dear, O dear

It was an accident.'

이 시는 풍자시다.

주인공은 인형이지 아기가 아니다.

인형은 사람이 주조하는 대상일 뿐이지만, 사람은 인형 눈치를 보고 존중한다.

아기가 울어대도, 그렇게 우는 아기를 불편해한다.

사람이 인형을 만들지만, 그 인형이 생계와 안정을 가져다주기 때문에

인형은 무엇보다 중시된다.

사람답게 살아가기 위해 인형을 만들지만, 먹고살기 위해 인형을 만들게 되고

어느새 인형은 사람 위에 있다.

인형은 아기보다 더 중요하고 아기는 인형보다 못한 그저 칭얼대기만 하는 대상이다.

아기는 'It' 일 뿐이어서, "It was an accident."

젊은 부부에게 아기는 단지 '사고' 일 뿐이다.

"무엇이 소중하고 근본적인 것일까?"

자신도 모르게 수단적 가치에 얽매이고 있진 않은지, 우리를 되돌아보게 하는 시이다.

가 면

"에메랄드 눈을 가진
불타는 황금 가면 벗으세요"
"아 안 돼요 내 사랑, 그대는 참 대담하게도
가슴 거친지 현명한지 아니면 차갑지 않은지
알아내려 하는군요"

"속에 뭐가 있는지 보고 싶을 뿐이에요
속임수인지 사랑인지"
"그대 마음 사로잡고 가슴 뛰게 한 건
바로 가면이지
가면 뒤에 숨겨진 것은 아니에요"

"그래도 그대가 내 적인지 아닌지
물어봐야겠어요"
"아 안 돼요 내 사랑, 전부 그냥 두기를
무슨 상관인가요, 불만 잘 타면 되는걸
그대 안에 내 안에"

The Mask

'Put off that mask of burning gold
With emerald eyes.'
'O no, my dear, you make so bold
To find if hearts be wild and wise,
And yet not cold.'

'I would but find what's there to find,
Love or deceit.'
'It was the mask engaged your mind,
And after set your heart to beat,
Not what's behind.'

'But lest you are my enemy,
I must enquire.'
'O no, my dear, let all that be;
What matter, so there is but fire
In you, in me?'

사랑을 하면 사랑을 얻기 위해 좋은 모습, 멋진 모습 보이려고 노력한다.

가면을 쓰고서라도 힘들어도 안 힘든 척, 마음 아파도 안 아픈 척한다.

사랑하는 사람이 좋아한다면, 사랑하는 사람을 위해서라면.

사랑을 오래 하다 보면 안 보이던 모습도 보인다.

서로 안 보여주고 싶던 모습도 보인다.

무엇이 진짜인지 알고 싶어 한다, 가면을 열어보고 싶어 한다.

실망이라는 말도 하게 된다.

진정 사랑한다면

가면을 쓴 모습도, 때론 실망주는 모습도 사랑할 수 있어야 하지 않을까?

사랑은 보이는 그대로 바라보고 믿어주는 것

가끔 보이는 가면 속의 초라함, 그 아픔마저도.

학 자 들

자기들 지은 죄 잘 잊어버린 대머리들
나이 먹고 잘 배우고 잘난 대머리들이
시구들을 뜯어고치고 주석 달고 있다
젊은이들이 침대 위에서 뒹굴어가면서
아름다운 여인 무심한 귀에 아양 떨어
실의에 빠진 사랑 속에 끄집어낸 시를

모두가 질질 끌어 잉크 속에 기침한다
모두가 구두로 카펫 밟아 해지게 한다
모두가 다른 사람 생각한 걸 생각한다
모두가 옆집에서 아는 사람 알고 있다
아, 그들은 도대체 뭐라고 말하려 하나
그들 공자님이 그런 식으로 걷는다면?

The Scholars

Bald heads forgetful of their sins,

Old, learned, respectable bald heads

Edit and annotate the lines

That young men, tossing on their beds,

Rhymed out in love's despair

To flatter beauty's ignorant ear.

All shuffle there; all cough in ink;

All wear the carpet with their shoes;

All think what other people think;

All know the man their neighbor knows.

Lord, what would they say

Did their Catullus walk that way?

풍자와 냉소가 묻어나는 시이다.

'학자들' 은 뜯어고치고 줄을 긋고 주석을 단다.

자신들은 잘 모르는 내용에도 잘 안다며 손을 댄다.

모두가 구두로 카펫 밟아 해지게 한다

모두가 다른 사람 생각한 걸 생각하고

모두가 옆집에서 아는 사람 알고 있다

그들이 떠받드는 자가 그런 식으로 걷는다면

학자들은 뭐라고 한마디 할까?

안다고 다 아는 게 아니다.

진정한 배움은 나를 비우는 데서 시작한다.

빈 잔

죽을 만큼 목이 타들어갈 때
잔을 하나 찾아낸 미친 자가
한 번 더 잔뜩 마셔버린다면
달은 저주 가득 퍼부어 대니
뛰는 가슴 터져버릴 수 있어
입이 젖어들게는 아니하였지
지난 시월 내가 찾았던 잔도
뼈만 앙상한 채 메말라 있어
그 바람에 가슴 미처만 가고
잠은 어디론가 달아나버렸다

The Empty Cup

A crazy man that found a cup,

When all but dead of thirst,

Hardly dared to wet his mouth

Imagining, moon-accursed,

That another mouthful

And his beating heart would burst.

October last I found it too

But found it dry as bone,

And for that reason am I crazed

And my sleep is gone.

갈증으로 사랑을 다 해결할 순 없다.

'시'가 살아 있는 번역
번역시의 새로운 가능성을 위한 그 두 번째 시도

한국외국어대학교 영어통번역학부 윤선경 교수

2017년 2월 북랩 출판사에서 출간된 김용성 시인의 『셰익스피어 소네트』 번역시는 시를 시로, 영시를 우리말 시로 재탄생시키는 데 중점을 두었다. 그렇다고 해서 원본을 배신하지 않으며, 원본에 종속되어 있으면서도 '홀로 서는 시'로 존재하고자 하였다. 이것이 가능한 것은 김용성이 번역가이기에 앞서 시를 쓰는 시인이라는 사실과 무관하지 않다. 그는 마치 자신의 시를 쓰듯이 번역을 할 때도 '시'가 되는 글을 쓰고자 하였다. 그리하여 그의 소네트 번역시는 단어 대 단어 번역을 뛰어넘어, 시로 이해되고 감상될 수 있는 번역, 창작시처럼 언어유희가 돋보이고 새롭고 읽기의 즐거움을 선사하는, 우리의 정서가 담긴 아름다운 '우리말 시'로서 읽힌다. 비록 셰익스피어 원본의 단어를 모두 살리는 그런 정확한 혹은 충실한 번역은 아니더라도, 원본의 주제와 아름다움을 충실하게 살리고자 한다. 그런 의미에서 그의 번역시는 원본의 단순한 '재생산'이 아니라 창작만큼 창조적이다. 나아가 '영시'가 '우리말 시'로 거듭날 수 있는 주체적인 번역의 가능성을 보여준다는 점에서, 영미시에 대한 학계 밖 일반 대중과 소통할 수 있는 중요한 번역시 모델을 제공한다는 점에서 의의가 있다고 할 수 있다.

그의 번역시는 피천득의 셰익스피어 소네트 번역을 연상시키는데, 김우창은 피천득의 번역시를 두고 "참으로 좋은 번역은 그대로 우리 시의 일부가 되고 아니면 적어도 그것을 살찌게 할 밑거름이 될 수 있는 것이 아닌가 한다."라고 말하였다. 김용성 시인-번역가의 번역이 바로 그러한 번역에 해당할 수 있으며, 피천득의 번역시에 뒤이어 아름다운 우리말 시로 읽히고, 우리 시의 일부가 되고, 우리 시를 살찌게 할 밑거름이 될 수 있는 가능성을 보여주었다. 그 결과 그의 셰익스피어 소네트 번역시는 출간된 지 몇 달 되지 않아 번역시로는 보기 드물게 3쇄를 찍고 많은 독자들의 관심과 사랑을 지속적으로 받고 있다.

　이번에 새로 출간된 김용성의 아일랜드 시인 W. B. 예이츠의 번역시도 시를 시로 재탄생시키는 데 중점을 두었다. 이러한 번역은 기존의 일반적인 영미시 번역 방식과 다른, 한국에서 보기 드문 새로운 번역이다. 앞서 김용성의 셰익스피어 소네트 번역시 해설에서 필자가 지적한 것처럼, 일반적으로 기존의 번역시는 원문에 대한 충실성이라는 이름으로 단어에 집중하는 딱딱한 직역을 하고 자연스럽지 않은 어휘와 어색한 문법을 빈번하게 사용하여 우리말 시답지 않게 되며, 그러다 보니 때로는 텍스트의 의미를 이해하는 것도 쉽지 않다. 의미를 살리는 번역의 경우에도 시로서의 특징이나 아름다움은 보이지 않는 아쉬움이 남는다. 종종 시어로 적절하지 않은 어휘가 사용되고 리듬, 운율, 소리와 같은 음악성과 이미지 등의 중요한 시적인 요소가 사라지고 산문과 크게 구별되지 않는다. 이것은 우리말로 번역되었을 때 '시로서' 어떻게 읽히는지 번역에서 상대적으로 중요하게 여겨지지 않음을 보여준다. 물론 한국어와 영어가 서로 달라서 형식과 소리, 운율과 같은 시의 구성요소를 고려할 수 없는 현실적인 이유가 있다. 그러나 의미 전달은 시 번역이 추구해야 할 목

표의 일부일 뿐이다. 시는 의미 전달 이외에도 언어의 음악성과 심상이 중요하고, 다시 말해 시에서 형식은, 소리는 내용만큼이나 혹은 그 이상으로 중요할 수 있기에 어떤 식으로든 번역가는 번역되었을 때 시 형식, 시로서의 아름다움에 대한 고민과 고려를 해야 할 것이다. 또한 많은 번역가들은 주석을 달아 원본 시에 담겨 있는 시인의 사상이나 의도, 어휘의 뜻 및 역사적, 문학적 배경을 설명하고자 하는데, 그 결과 번역은 의도치 않게 원문의 보조적인 설명 텍스트가 되고 마는 경우가 있다. 분명 주석은 원본을 이해하는 데 도움이 되지만, 번역시를 독립된 시로서 읽는 데에는 방해가 될 수 있다. 요약해서 말하면, 직역을 하던 의역을 하던, 영시를 우리말로 옮긴 번역시에는 종종 시로서의 특징이 사라지는데, 부분적으로 이것은 영시 번역이 주로 학자들에 의해 이루어지고 학생들이 영시를 공부하는 데 도움을 주기 위해 시에 대한 지식을 전달하는 학술적인 목적을 갖고 있기 때문인 것으로 풀이된다. 반면 김용성의 예이츠 번역시는 시를 시로 번역하고자 하며, 번역에서 시가 상실되지 않는, 시가 살아 있는 것을 최우선으로 삼는다. 이것은 미국 시인 로버트 프로스트의 "시는 번역에서 상실된다."에 도전하는 것이다.

1923년 노벨 문학상을 받은 아일랜드 시인 W. B. 예이츠(1865-1939)는 한국에서 오랫동안 많은 사랑을 받은 시인이다. 그동안 다수의 영문학자들에 의해 여러 번 번역되었는데, 그들의 번역은 앞서 언급한 다른 영미시 번역처럼 단어 대 단어 번역이나 의미 대 의미 번역을 하고 주를 달며 원본 시를 학술적으로 설명하는 데 집중하는 경향이 있다. 반면, 김용성의 예이츠 시 번역은 셰익스피어의 소네트를 번역할 때처럼 의미를 전달할 뿐만 아니라 '시'가 살아 있는 번역을 하고자 하여 모든 단어와 의미를 일대일 번역하는 것이 아니라 압축과 변형이 일어나기도 하고, 공간적 배열이나 소리, 리듬, 운율, 압운 같은 형식적인 요소에까지 관심을 기울인다. 게다가 그가 사용하는 어휘는 시어로서 적절하고, 어렵고 어색한 단어를 쓰지 않아 이해하기 쉽다. 김소월의 「진달래꽃」에 영향을 준 것으로 유명한 예이츠의 시 'He Wishes for the Cloths of Heaven'(1899)을 번역한 「하늘의 옷감이 있다면」은 그 점을 잘 보여준다. 이 시는 가난한 시인이 사랑하는 이에게 꿈을 바치는 주제를 다룬다.

어둠과 빛과 어스름으로 된
까맣고 푸르고 희미한 옷감
금빛과 은빛으로 수를 놓은
하늘의 옷감이 내게 있다면
그대 발아래 깔아 드리리라
가진 거라곤 그저 꿈이어도
그대 발아래 펼쳐 놓으리니
사뿐히 꿈마저 밟고 가주오

김용성 번역가는 2행씩 번갈아 가며 압운이 있는 예이츠 원본, 다시 말해 1행과 3행은 cloths로 끝나고 2행과 4행은 light로 끝나며, 5행과 7행은 feet 로 6행과 8행은 dreams로 끝나는 시를, 다른 번역가들처럼 압운(rhyme)이 없는 8행시로 번역하였다. 예이츠는 압운과 같은 시의 형식을 중시하는 정형시를 쓰지만, 사실 한국 현대시는 압운이 영미시처럼 중요하지도 않고 압운을 살리기가 현실적으로 쉽지 않아 한국 번역가들은 시행의 수만 유지하는 경우가 대부분이다. 대신 김용성은 시의 공간적 배열에 신경을 쓴 결과 문장의 길

이가 같아서 깔끔한 인상을 주며 읽을 때 호흡이 규칙적이고 리듬감이 살아 있다. 그는 딱딱하거나 추상적인 한자어와 산문투를 피하고 자연스러우며 우아하고 간결한 우리말 어휘를 구사한다. '그저', '사뿐히', '가주오'가 대표적이다. 또한 불필요한 조사를 생략하고 한국어 문법의 특성에 유의하여 없어도 알 수 있는 주어나 목적어를 생략하여 장황함, 어색함을 피하여 시다움을 살린다. 이러한 특징은 '가진 거라곤 그저 꿈이어도 / 그대 발아래 펼쳐 놓으리니 / 사뿐히 꿈마저 밟고 가주오'는 일반적으로 번역되는 직역 '그러나 난 가난하여 꿈만 있을 뿐 / 그대 발아래 꿈들을 펼쳐 놓았으니 / 부드럽게 밟으세요, 내 꿈을 밟고 있으니'와 비교해보면 쉽게 알 수 있다. 김용성의 번역은 모든 단어를 일일이 번역하여 원본을 설명하는 것 대신, 핵심적이고 쉽고 간결한 어휘를 제시하여 언어의 경제성을 살리고, 동시에 주제를 아름답게 표현한다.

또한 김용성의 예이츠 시 'When You are Old'의 번역 「그대 늙어서」도 한 편의 우리말 시로 읽힌다.

그대 늙어서 머리 희고 잠이 많아져
난롯가에서 졸게 되거든 이 책 꺼내
천천히 읽어요 그리고 꿈을 꿔 봐요
한때 지닌 뽀얀 눈빛과 짙은 음영을

얼마나 사랑했나요 빛나던 순간들을
그대의 아름다움을 진심이든 아니든
단 한 사람만 그대 변해가는 얼굴에
방랑하는 영혼도 슬픔도 사랑했지요

이글거리는 장작더미에 몸을 숙이고
조금은 슬퍼하면서 중얼거려 보세요
사랑이 말도 없이 저 산을 넘어가다
별무리 속에 얼굴 살짝 감추었다고

이 시 역시 앞의 시처럼 깔끔한 공간 배열을 해서 음악성을 살렸고, 간결한 어휘와 압축, 구체적인 이미지를 통해서 설명하는 듯한 산문 투의 느낌이 사라진다. 대조를 이루는 두 어구 '뽀얀 눈빛'과 '짙은 음영'과 '방랑하는 영혼', 특히 마지막 연의 '사랑이 말도 없이 저 산을 넘어가다 / 별무리 속에 얼굴 살짝 감추었다고'는 번역시라고는 상상할 수 없을 만큼 아름답고 시적이다. 번역시가 흔히 갖고 있는 어색함이나 딱딱함, 늘어짐이 없고, 최소한의 어휘를 가지고 원시가 갖고 있는 풍부한 주제를 담아낸다.

예이츠의 'A Drinking Song'을 번역한 김용성의 「술 노래」에서 그의 번역시가 추구하는 형식과 간결함이 극대화된다.

술은 입으로 들고
사랑 눈으로 들지
삭아 허물어 가도
더는 모르고 가리
입은 술잔을 잡고
눈은 그대 잡으리

짧은 행으로 이루어진 이 시는 흡사 일본 시 하이쿠의 미니멀리즘을 연상시키며 강렬한 인상을 준다. 또한 이 번역은 원문의 의미를 살리면서도 원시의 ababab 압운을 번역시에 살려 원본의 형식적인 면까지 충실하게 담아내어 음악성을 살리는 보기 드문 성과를 이뤄낸다. 모든 행은 이음절로 시작하고, 마지막 행만 제외하면 이음절로 끝나는 규칙성이 있고, 언어의 경제성을 최대한 살려 많지 않은 단어를 가지고서도 원본의 의미를 놓치지 않는다. 특히 세 번째, 네 번째 행은 일반적으로 번역되는 '그게 늙어 죽기 전 / 진리로 알게 될 전부'와 같은 직역을 거부하고 '삭아 허물어 가도 / 더는 모르고 가리'로 번역된 사실에서 김용성 번역의 특징을 분명하게 알 수 있다.

김용성은 시인이며 동시에 번역가인 한국에서 보기 드문 시인-번역가로서 시인의 감수성을 번역시에 녹아내며 아름다운 우리말 시를 짓는다. 사실 영미권에서는 시인-번역가의 활약이 두드러지며 영미문학의 발전과 확장에 큰 공헌을 하였다. 18세기 시인 알렉산더 포프가 호메로스를 번역한 『일리아드』나 19세기 시인 에드워드 핏츠제럴드가 페르시아 시인을 번역한 『오마르 카얌의 루바이야트』, 아일랜드 시인 셰이머스 히니의 『베어울프』는 비록 어떤 의미에서는 원본에서 멀어졌지만, 단순히 번역시로 머무는 것을 넘어 한 편의 훌륭한 영시로 읽히고, 영문학의 일부가 되어 오랫동안 많은 독자들의 사랑과 칭송을 받았다. 이것은 '시에서 시로' 옮기는 창조적인 번역이 가능했기 때문이며, 그들의 번역에서 '시'는 살아 있다. 김용성은 이러한 창조적인 시인-번역가의 대열에 합류할 수 있는 잠재력을 보여주며, 김용성 시인의 예이츠 시 번역은 시가 살아 있고 우리말 시로 홀로 서며 번역시의 새로운 가능성을 열었다는 점에서 큰 의의가 있다 할 것이다.